LE JOUR OÙ J'AI AIMÉ

DAME DE COEUR

Paperback: 978-1-63767-754-4
eBook: 978-1-63767-755-1

This is a work of nonfiction.

Ordering Information:

BookTrail Agency
8838 Sleepy Hollow Rd.
Kansas City, MO 64114

Printed in the United States of America

Le jour où j'ai aimé, roman autobiographique nécessite certainement quelques annotations de ma part.

J'ai commencé à écrire ce livre en 2002, lors d'une rechute de la maladie, la schizophrénie. Le roman a alors subi plusieurs corrections pour devenir ce qu'il est aujourd'hui.

La première mouture de ce livre a été écrite entièrement pendant mes délires. L'écriture y était étrange, elle effrayait. Je l'ai, pas à pas, remodelé et n'en ai conservé que certaines parties.

L'idée initiale fut de dénoncer l'histoire de pédophilie dont j'avais été le témoin. Par la suite l'écriture m'a conduite à partager ma propre histoire : la maladie : Comment et pourquoi je suis parvenue à la stabilité et à l'équilibre.

A Dieu maladie, adieu ! est ainsi composé de trois chapitres :

L'enfer : C'est ce qui a déclenché la schizophrénie. Ce chapitre a été écrit lorsque j'avais 41 ans et que j'avais acquis une grande conscience de moi-même grâce aux thérapies.

Le purgatoire : Le texte a été écrit pendant une de mes rechutes. C'est une rechute en "live". J'y dialogue avec la voix, mes maux et mes obsessions y sont répétitifs. Dans ce chapitre, vous êtes dans ma tête, dans la tête d'une malade qui entend une voix et se bat contre elle et sa relation à Dieu. Il a été écrit lorsque j'avais 35 ans. C'est un chapitre dérangeant, un écrit maladif. La première version était trop brutale et a donc été remodelé.

Le paradis : C'est le chemin de l'équilibre. C'est une partie composée de lettres échangées entre ma sœur, une amie et moi. C'est la réconciliation avec moi-même. Cette partie a été écrite lorsque j'avais 39 ans.

A Dieu maladie, adieu ! est un livre où vous retrouverez aussi des chansons, elles scandent le texte. Dans mes crises de schizophrénie les plus aigües, ces chansons étaient le miroir de ma vie.

Cette partie du livre a été écrite en espagnol et traduite par une amie qui veut garder l'anonymat.

A Dieu maladie, adieu est suivi par ***Mon Jardin Secret*** qui en est la continuité, mon parcours spirituel.

Lettre à Dieu : Mon pardon et ma critique de l'église catholique romaine.

A Rodrigue : Mon infidélité mentale à travers la voix, ma résistance à l'écoute et son départ..

J'ai sauvé le monde : Ma guérison.

Le jour où j'ai aimé : La fin de mon aveuglement

Le jour où j'ai aimé a donc été écrit à différentes périodes de ma vie. Ce sont plusieurs regards sur moi-même, plusieurs consciences de la réalité. En vieillissant, thérapies et rechutes se succédant, j'ai acquis une conscience assez profonde de moi et de ce qui m'entoure.

Ce roman a été corrigé par Dominique Langoutte, une amie artiste, écrivain et photographe.

Aujourd'hui, le but de ce livre est celui de partager mon vécu avec le lecteur et de l'aider à guérir, à être bien dans sa peau, si cela est possible.

Il m'a fallu 17 ans de thérapie pour découvrir la guérison. Si je peux écourter le chemin de quelqu'un pour retrouver la santé, ce sera un plaisir puis la maladie et mon vécu auront servi à quelque chose : à aider les autres.

Bonne lecture

À DIEU, MALADIE, ADIEU !

L'ENFER

Let the music play
42 ans

Chère Caroline :

Rêver un impossible rêve
[...]
Aimer jusqu'à la déchirure
Aimer même trop même mal
Tenter sans force et sans armure
D'atteindre l'inaccessible étoile

Telle est ma quête
Suivre l'étoile
Peu m'importent mes chances
Peu m'importe le temps
Ou ma désespérance
Et puis lutter toujours
Sans questions ni repos
[...]
Je ne sais si je serai ce héros
Mais mon cœur serait tranquille

La Quête, Infiniment, Jacques Brel

Il y a des mois que j'ai cessé de fumer. J'ai suivi une thérapie de groupe. Ils m'ont hypnotisé : Sacré remède. J'ai fini par réussir. J'ai compris pourquoi je fumais. Je me trompais quand je croyais que la cigarette me procurait du plaisir.

Tout au long de ces mois, beaucoup de choses ont bougé et j'ai compris que j'abusais de moi-même parce que quand j'étais petite ma mère abusait de moi par ses coups et ses cris.

J'ai compris que ce modèle d'abus je le reproduisais sans cesse dans ma vie et j'ai permis qu'on abuse de moi de mille et une manières.

J'ai compris le grand tort que m'ont fait notre mère, et l'impact de ses coups dans ma vie. Quarante ans d'obstacles, de chutes, de nouvelles chutes pour comprendre quelque chose de très simple. Quelle aveugle j'ai été !

Ces coups n'étaient pas que des petites fessées. Je me rappelle d'une fois où elle m'a baissé mes culottes, elle a mouillé une ceinture et m'a frappée. Quand elle me donnait une correction, elle me demandait de lui donner la main, et si je l'enlevais, elle redoublait de coups. De même quand je pleurais où faisait un caprice, elle me douchait à l'eau froide. Elle me battait aussi avec le fouet.

Elle enfermait mon petit frère dans le placard.

Notre mère était une vraie malade ! Tu te rends compte ?

Sa façon d'être n'a pas changé. Elle reste très malade même si elle a cessé de boire et de fumer, elle me fait toujours mal en se lamentant continuellement.

Elle est toujours en train de se plaindre, reprochant tout le temps son malheur à toute la famille. Elle est incapable de se questionner et de se rendre compte que tout commence avec soi-même. Elle ne veut pas se responsabiliser. Je comprends son enfance très difficile, mais cela ne justifie cependant pas ses actes de violence envers nous. C'est réellement très grave. Si je voulais, je pourrais la faire emprisonner. Je ne le ferai pas, car au fond de moi je lui pardonne et je ne lui en veux pas. Je te raconte cela pour te montrer la gravité de ses actes. C'est mon bourreau ! Et le paradoxe, c'est que je l'aime aussi. Ce double message inculqué tout au long de ma vie est néfaste pour moi. Elle m'aime et me cogne. Elle m'agresse et m'envoie un cadeau. Elle m'offense et ensuite me dit qu'elle m'aime.

Ce que j'ai appris depuis ma plus tendre enfance ? M'aimer en me trahissant. M'aimer en fumant. M'aimer en permettant ces relations qui abusaient de moi. Oui, à certains moments, tout le monde abusait de moi.

Mon père laissait faire ma mère, à sa façon, il était tout aussi malade.

Je ne veux pas les incriminer de ma propre souffrance parce que je comprends qu'eux aussi ils ont souffert, et surtout qu'ils n'ont jamais résolu les problèmes dans lesquels ils s'étaient enlisés. Mais cela reste grave, très grave.

Moi, je ne me sens pas coupable d'avoir appris à aimer si maladivement, j'étais une gamine et finalement j'ai pris conscience de tout cela à temps. Heureusement que je n'ai pas attendu la fin de ma vie.

Cette bonne nouvelle ne m'empêche pas de verser milles larmes, celles que je n'avais jamais laissées couler pour tous ces coups et surtout pour les conséquences qu'ils ont eus dans ma vie.

Petit à petit, j'en ai fini avec ces amitiés qui d'une manière ou d'une autre abusaient de moi. Que ce soit en me demandant des faveurs qu'ils ne me rendaient jamais. Ou bien en me maltraitant ou encore en me soumettant. Petit à petit j'ai coupé court avec mon passé.

Maintenant, je ne veux plus voyager en arrière. Maintenant je veux vivre intensément le présent et construire mon futur.

La maladie, la schizophrénie, et mon séjour en à l'hôpital psychiatrique m'ont promené dans tous les recoins de ma mémoire et de mon inconscient.

Aujourd'hui je suis sauvée. Mon passé ne me persécutera plus. Je ne serai plus paranoïaque.

Tout le monde a abusé de moi : la société, la police, l'homme qui a violé sa fille, M. Jeanne, mes amis, ma famille. Tout le monde.

Et selon moi, je sauvais le monde. Je me trompais.

SAUVE-TOI

Regarde-moi dans les yeux
Et regarde à cet endroit
Toutes les blessures veulent respirer
Les accros du pouvoir ont vieilli
Ils muent jetant leur vieille peau pour en former une nouvelle
À l'ombre de la douleur
Tombe le ciel sur le sol
La réponse à ce changement
C'est toi
Aime-toi et sauve-toi
Tombe les frontières des inégalités
Reviennent les fantasmes de notre humanité
Dans les temples de la clémence, beaucoup
de dieux, beaucoup de souffrance
Les puissants se disputent les territoires conquis
Et le sacrifice c'est toi
Aime ton ennemi
Raccroche ton ambition
Nous survivrons
À la désolation

LA LEY

Et moi, je l'ai permis.

Je l'ai permis parce que j'étais très très malade. Parce que j'ai grandi malade, entouré de malades.

Aujourd'hui, je quitte l'enfer et mon passé avec lui.

Cette histoire-ci se déroule en France, à Paris et elle a contribué à ma descente aux enfers, jusqu'en en psychiatrie. La société m'a cloué à ma croix et moi, j'ai abandonné. Je ne savais pas comment faire autrement. J'étais très jeune et je n'avais aucune expérience, j'étais très innocente. Pendant ces instants de déroute, je pensais être Jesusa, la version féminine de Jésus.

Quand je suis allée à la police pour dénoncer Paul d'avoir violé sa fille et réalisé des cassettes pornographiques, la police m'a demandé des preuves et elle m'a fait suivre. Paul a su que j'étais allée les voir. La police unie à la mafia a tenté de m'éliminer en me poussant au suicide. Et c'est ainsi que je suis entrée dans la jungle des symboles. À Cacouna, on m'a dit que les maçons opéraient ainsi.

L'incroyable, c'est qu'ils m'ont diagnostiquée schizophrène, et évidemment que tout n'était que délires dus à la maladie.

Et quand j'écris cela mes larmes coulent, mes doigts tremblent et il m'est difficile de pianoter sur mon clavier.

J'ai fini par oser coucher mon histoire sur le papier. Que l'on dise que je suis folle, peu m'importe, je n'ai rien à prouver à personne. Je le sais aujourd'hui.

La société me parait malade, réellement.

CE N'EST PAS LA MEME CHOSE

[...]
Ce n'est pas la même chose
L'être et le paraître
Ce n'est pas la même chose
Le permanent et le provisoire
Allez !
Ce n'est pas non plus la même chose
De rester ou s'arrêter
Ce n'est pas la même chose
Nous ne sommes pas
Nous ne paraissons pas
Ni ne pensons pas rester
Mais c'est autre chose que de se conformer ou lutter
Ce n'est pas la même chose, c'est différent
Ce n'est pas la même chose
Ce n'est pas la même chose
Art et en avoir marre
Ce n'est pas la même chose
Etre juste que être juste ce qu'il faut,
Ça suffit !...
[...]
Allez,
Au moins je le mérite
Bon...
Mais ma voix, je ne te la vends pas et ce qu'il pense de nous...
Lis sur mes lèvres, je ne suis pas à vendre
Il ne s'agit pas
Du côté où tu veux être

Qu'être d'un côté ou te jeter vers l'autre
Tu verras
Je ne sais pas comment te dire,
Ce n'est pas la même chose,
Vivre c'est dangereux
On dit à la télé
Qu'un cœur est disponible
Ce n'est pas pareil
C'est dangereux
C'est différent
Ce n'est pas la même chose
Faire ou ne pas faire
Ce n'est pas la même chose
Dire, donner son avis, imposer ou ordonner
Les listes noires, les mains blanches (tu verras)
Ce n'est pas la même chose
Celui qui a plus envie ne gagne pas tout le temps
Je ne sais pas si je m'explique bien
[...]
J'ai une pommade pour toutes les douleurs
Des remèdes pour toutes sortes d'erreurs
J'ai aussi des recettes contre la désillusion
Ce n'est pas pareil
AS

La malade schizophrène ce n'est pas moi !

Quelle symbolique que l'écroulement des tours jumelles ! Deux contrôles, deux phallus, la schizophrénie de la société. Je te laisse imaginer. Mais je voudrais un de ces jours te la raconter, aussi.

François, une rencontre parisienne, m'a appelé Harry Potter parce que j'ai pu leur échapper. Ils n'ont pas réussi à me tuer.

Je suis une révolutionnaire du cœur, je suis un soldat de Dieu.

Lui, il a toujours était à mes côtés et grâce à lui je suis arrivée là où je suis.

Let's go crazy

[...]
Electric world life
It means forever and that's a mighty long time
But I'm here 2 tell u
There's something else
The afterworld

A world of never ending happiness
U can always see the sun, day or night
[...]
Let's go crazy
Yeah
Crazy
Prince and the revolution.

Nous sommes dans une autre ère, l'ère des symboles, de la science-fiction et des inconscients collectifs.

Oui je suis la reine de Dieu.

Je ne regrette rien

Non! Rien de rien
Non! Je ne regrette rien
Ni le bien qu'on m'a fait
Ni le mal tout ça m'est bien égal!

Non! Rien de rien
Non! Je ne regrette rien
C'est payé, balayé, oublié
Je me fous du passé!

Avec mes souvenirs
J'ai allumé le feu
Mes chagrins, mes plaisirs
Je n'ai plus besoin d'eux!

Balayées les amours
Et tous leurs trémolos
Balayés pour toujours
Je repars de zéro

Non! Rien de rien
Non! Je ne regrette rien
Ni le bien, qu'on m'a fait
Ni le mal, tout ça m'est bien égal!

Non! Rien de rien
Non! Je ne regrette rien
Car ma vie, car mes joies
Aujourd'hui, ça commence avec toi!

Edith Piaf

Le chemin pour arriver jusqu'ici a été un chemin de fou. Un chemin où les rues n'ont pas de noms. Un chemin fait de symboles que la plupart des gens ne comprennent pas.

Un chemin où la vérité est mensonge. Tout est mensonge.

Un jour, je pourrais te raconter comment j'ai sauvé le monde en luttant sans armes. Je voulais sauver cette petite fille, je voulais par son intermédiaire sauver le fils ou la fille que j'avais perdu(e). Cependant la société est si malade qu'elle n'a rien voulu savoir. Il n'y a pas pire aveugle que celui qui ne veut rien voir, ni pire sourd que celui qui ne veut rien entendre.

À ce moment-là, la fillette n'était pas encore devenue adulte, j'ai dénoncé ce crime, à toutes les institutions existantes. Je l'ai dit à tous, je l'ai crié et personne n'est venu m'interroger pour en savoir plus.

Je l'ai dénoncé aux journalistes, aux institutions mexicaines et européennes, aux prêtres, aux associations et personne n'a rien voulu voir.

Personne n'a voulu m'entendre parce que j'ai été diagnostiquée schizophrène.

Pendant toutes ces années, une vraie guerre de Troie, j'ai dû feindre la folie, comme Hamlet, pour survivre et me protéger.

Cependant, j'ai dû feindre sans feindre car c'est ainsi qu'on m'a étiquetée, c'est ainsi que la société m'a étiquetée et les coupables sont nombreux.

Si après avoir lu ces lignes, tu crois encore que je suis folle, alors la folle c'est toi. Tu es folle. Tu vis dans un monde de mensonges entendus à la télévision, à la radio. La société joue avec ton inconscient, te dupe sans cesse, toi et ton inconscient.

Durant cet été fatidique, la pression fut telle, les persécutions furent telles, les symboles de mort furent tels que d'une certaine manière je suis devenue folle. Et quand j'ai craché à la figure de Paul que je savais la vérité, il m'a lui aussi répété que je devenais folle.

Personne autour de moi n'a su me conseiller, m'orienter, m'aider. Tous des malades !

Et moi, je suis restée clouée sur ma croix, personne ne s'en rendait compte ou ne voulait s'en préoccuper.

S'évader de la réalité est moins douloureux que de l'affronter. Mais ne pas l'affronter nous plonge dans un enfer où nous acceptons de vivre dans l'erreur, où nous nous soumettons à toutes sortes d'abus.

L'incroyable est que la vie commence avec soi-même, la réflexion ou le miroir.

Quand j'ai cessé de m'abuser, de m'ignorer, alors j'ai pu poser des limites à tous ceux qui profitaient de moi, et voulaient continuer ainsi.

Je dépose mes armes. Maintenant, je ne veux plus être cette héroïne terrestre désirée par les gouvernants. Si je suis l'héroïne, je suis celle de Dieu.

Les Humains ne comprennent pas l'amour. L'amour sain et profond.

Je suis Jesusa, la Vierge, la Malinche, la Madeleine, et toi aussi tu peux l'être. Nous pouvons tous avoir Dieu dans notre cœur. Cependant, nous sommes aveugles et sourds. Certains tuent en son nom, violent et s'enrichissent en son nom.

Maintenant, te rends-tu compte que je ne suis pas malade ?

Ou bien penses-tu que je suis en pleine rechute ?

S'il te plaît, si tu me dis d'augmenter la dose de mes médicaments, je ne vais pas me fâcher, je vais seulement rire et espérer de ne pas perdre mes illusions. Celles de pouvoir vivre dans un monde sain.

Aujourd'hui, je dis « débrouillez-vous ».

Je ne vais pas donner ma vie pour sauver les hommes. Jamais.

S'il y a une chose que j'aimerais transmettre à cette fillette, et à tous les enfants abusés et maltraités, c'est que oui, il est possible de sortir de cet enfer.

Moi, j'en suis sortie.

Un samedi après-midi, je suis allée avec deux bonnes amies boire une bière dans un café qui s'appelait *la bonne bière*. C'était en 1996 et j'avais 26 ans. Un homme d'une quarantaine d'années s'est approché de nous, c'était Paul. Mes amies sont parties et je suis restée seule avec lui à bavarder. Une de ses amies nous a rejoints. Pendant des mois, ils ont affirmé n'être seulement que des amis.

Paul m'a invitée à la Java, une discothèque de salsa. À cette époque, j'acceptais n'importe quelle relation même si je n'étais pas amoureuse.

À partir de cette nuit, nous avons commencé à sortir. Dès le début, il y avait quelque chose qui me gênait. Tous ses gestes me semblaient faux. Mais je n'ai pas écouté ma petite voix intérieure et je me suis laissée guider par mon infinie nécessité de reconnaissance et d'amour.

La seconde nuit que nous avons passée ensemble, il m'a demandé : « Veux-tu que nous nous filmions ? » je lui ai répondu « Non ». Je ne l'ai pas plus questionné et lui, n'a pas insisté.

Au bout de 3 jours, Paul m'a présenté sa fille de 7 ans, Laora. Dès que je l'ai vue, je l'ai aimée. J'ai pressenti quelque chose d'étrange dans sa relation avec son père.

Si Paul me présentait Laora, c'était qu'il était amoureux de moi, c'est ce que j'avais conclu. Cette semaine-là, j'ai rencontré son amie Priscilla par hasard, selon elle. Ensuite, je me suis aperçue qu'elle passait pratiquement tout son temps au café, observant les gens aller et venir. Ainsi, elle connaissait mes horaires, et savait que je passais tous les jours par là. Cet après-midi-là, quand je suis sortie de mon travail, elle m'a invitée dans son appartement. La porte de sa chambre était fermée. J'ai voulu y entrer. J'ai toujours aimé voir les chambres à coucher, car elles racontent beaucoup. Priscilla a été très sèche et elle m'en a refusé l'entrée prétextant le désordre.

Quand elle a été dans la salle de bain, j'y suis entrée et j'ai tout de suite vu l'impressionnant matériel vidéo entreposé dedans.

Je me suis souvenue qu'elle était « seulement une amie » de Paul, alors je lui ai dit que nous sortions ensemble. Pourtant Paul me demanda un jour de ne plus rien lui raconter. Je ne me souviens plus de la raison avancée par Paul, mais plusieurs mois après j'ai découvert qu'ils étaient amants et complices.

Je gardais Laora régulièrement. Un samedi, je suis arrivée de bonne heure à l'appartement. Paul m'a demandé de rester avec elle pendant qu'il allait chercher le journal. Un bon moment était passé et comme il ne revenait pas, Laora a voulu que nous allions au café. Son père était là avec Priscilla. Nous avons été toutes les deux surprises.

Laora me disait toujours : « Priscilla est une sorcière, elle me fait peur, elle a ensorcelé mon papa ».

Mon innocence ne percevait pas toute la réalité, je ne la voyais pas et je ne pouvais pas l'affronter non plus. Je ne voyais la réalité qu'à travers le filtre de la marijuana. Une évasion qui durait depuis 2 ans. Et quand j'ai pris conscience de tout cela, je suis tombée au fond.

LE GOUFFRE

Pascal avait son GOUFFRE, avec lui se mouvant.
-Hélas! tout est abîme, action, désir, rêve,
Parole ! et sur mon poil qui tout droit se relève
Maintes fois de la Peur je sens passer le vent.

En haut, en bas, partout, la profondeur, la grève,
Le silence, l'espace affreux et captivant...
Sur le fond de mes nuits Dieu de son doigt savant,
Dessine un cauchemar multiforme et sans trêve.

J'ai peur du sommeil comme on a peur d'un grand trou,
Tout plein de vague horreur, menant on ne sait où ;
Je ne vois qu'infini par toutes les fenêtres,

Et mon esprit, toujours de vertige hanté,
Jalouse du néant l'insensibilité.
Ah ! Ne jamais sortir des Nombres et des êtres !

Baudelaire.

Une fois où je gardais Laora, le téléphone a sonné. Je n'ai pas répondu parce que je n'étais pas chez moi, le message laissé sur le répondeur était le suivant : « les cassettes ! d'urgence ! ».

Quand Paul est arrivé et a écouté le message, sa première réaction a été de me dire : « Ce ne sont pas des cassettes pornographiques ». Immédiatement j'ai fait la relation avec l'équipement vidéo.

J'avais aussi vu Paul et sa fille, nus dans le lit, nus dans la douche.

Une autre foi Laora a eu des rougeurs sur son sexe. Et j'ai aussi vu son père lui passer de la pommade dessus.

Laora a imaginé une histoire ; Priscilla, l'amante et compagne de travail de Paul mourait, son père et sa mère aussi ; je l'adoptais et devenais son unique famille et nous allions vivre au Mexique toutes les deux.

J'ai eu confirmation de mes doutes le jour où nous avons été tous les 3 à Tours chez la sœur de Paul. Laorra s'est exclamée « Je sens le truc de Papa ». Paul, très gêné, a ajouté : « c'est normal ! ça arrive quand je t'embrasse, Laora »

Et la nuit où nous sommes allés chez Priscilla ! Celle-ci s'est mise à danser avec l'enfant sensuellement. Elle collait ses énormes seins contre son petit corps. Laora se sentait très incommodée et moi aussi.

Plus tard, j'ai beaucoup réfléchi. Si Paul et Priscilla faisaient du cinéma pornographique légal, ils ne se seraient pas cachés. J'en ai déduit qu'ils faisaient de la pornographie avec la fillette.

C'est alors que je suis allée à la police. Elle m'a dit qu'on examinerait la fillette par les services médicaux afin de savoir si elle avait été pénétrée et que la cassette apporterait des preuves suffisantes.

En définitive, la police a dit qu'il était impossible de faire l'examen. Je n'ai jamais su, ni compris pourquoi.

Au lieu d'oublier cette sale histoire et de rentrer le plus tôt possible au Mexique, je me suis accrochée et je me suis fait le devoir de retrouver la cassette.

De nombreuses années après, j'ai compris pourquoi. À travers elle, j'ai essayé de sauver l'enfant que je n'avais pas voulu avoir et pour lequel je me sentais infiniment coupable. Je n'ai jamais retrouvé la cassette. Un matin, à côté du canal Saint Martin, j'ai croisé Paul. Il portait des lunettes noires et je lui ai tout craché à la figure. Il m'avait dit que les gens portaient des lunettes noires parce qu'ils se sentaient honteux ou qu'ils avaient quelque chose à cacher.

Lui, derrière ses lunettes, la seule chose qu'il répétait c'était : « tu es en train de devenir folle ».

On a commencé à me suivre.

Le jour suivant cette matinée, alors que je travaillais, j'ai vu par la fenêtre un homme s'arrêter en face de mon immeuble et se secouer les couilles semblant dire : « nous allons te niquer ». La peur s'est emparée de moi. J'étais bouleversée. On me suivait dans la rue. Je voyais la mort partout.

Toute cette période, j'ai erré dans les rues, pleine de douleur.

J'allais beaucoup au parc de Belleville aussi. Un soir, il y avait un concert. La musique était comme désordonnée, sans chef pour la diriger.

Pendant de nombreuses années, j'ai tenu un journal et un agenda. Un après-midi, je suis allée au parc où j'avais l'habitude d'aller avec François. Deux hommes se sont assis à côté de moi. Le premier tenait un journal dans ses mains et l'autre un agenda. Je ne me souviens plus vers lequel je me suis dirigée en lui demandant ce qu'il faisait ici. Lui à son tour m'a posé la même question, à laquelle j'ai répondu : « je marche en perdant la vie, c'est très difficile ». L'autre homme est parti. Il m'a offert un bouquet de fleurs pour les morts qui sortait de je ne sais où. Il déchira le livre. Il était déjà tard et le parc fermait. J'ai un vague souvenir, mais j'ai senti comme un électrochoc. Pendant plusieurs jours, mes mains ont été douloureuses.

Après cet incident, je n'étais pas rassurée dans mon appartement et je suis allée à la cité universitaire. J'avais l'intention de passer la nuit dans la salle des fêtes du pavillon allemand Deutsch de la Meurthe. Il y avait une poupée de ma taille avec des taches de rousseur et des lunettes. Elle était pendue à une corde, suicidée. Quand j'ai vu cette image, j'ai été effrayée et je suis repartie en courant dans l'appartement de mon ami François qui me l'avait prêté pendant son voyage à New-York.

De retour à l'appartement de François j'ai mis un disque, je l'ai écouté lentement, très lentement et ils ont continué à me suivre.

Soudain, j'ai vu par la fenêtre une femme qui se coupait les ongles avec une paire de ciseaux qui ressemblait terriblement à la mienne.

Je n'avais jamais eu d'hallucinations visuelles, ni d'hallucinations sonores. Ces dernières, je les ai eues plusieurs années après : une voix dans ma tête.

En voyant la femme, j'ai vu les ciseaux au milieu de l'appartement, je ne savais pas comment ils étaient arrivés là et j'ai lutté avec le diable. Ma main droite voulait me les planter et ma main gauche voulait les retenir. J'ai récité un notre père et la paire de ciseaux est tombée. Je ressentais une énergie si mauvaise que j'ai jeté tous les objets noirs par la fenêtre. A cette époque le noir était le symbole de la mort pour moi. J'ai eu peur aussi car le livre que j'avais avec moi était le petit prince qui d'une certaine manière se suicide.

Je ne savais pas comment me sauver de tout cela. J'ai décidé de faire comme Hamlet, de feindre la folie. Dans cette folie, je me suis sentie la Vierge et j'ai basculé. J'ai fini à l'hôpital psychiatrique

LA BEAUTE

Ennemi de la guerre
Et son revers la médaille
Ne propose d'autre bataille
Que ne libérer le cœur
De mettre le corps à terre
Sous le poids d'une histoire
Qui allait monter vers la gloire
Le pouvoir de la raison…
Et maintenant qu'il n'y a pas de tranchées
Le combat est l'escalier
Et celui qui grimpe au plus haut
Sauvera sa tête. Bien qu'elle se fonde dans l'asphalte
La belle regarde-les, comme les reptiles,
À l'affût de la proie
Négociant à chaque table
Des maquillages d'occasion ;
Ils suivent tous les rails,
Qui conduisent à la cime
Fous parce que
Leur ambition parasite ne les éblouit pas
Devant vont les prophètes
Et maintenant, le succès est leur but ;

Marchands, trafiquants
Apportent plus de tristesse que de nausées
À aucun moment, ils n'effleurent…

GIRADOS

François

À la même époque, j'ai connu François. Un jeune dont je ne me souviens plus du physique. J'ai conservé une image très forte de son sourire et ce des années après. Un sourire timide et aimable, un sourire qui a traversé l'océan Atlantique pendant un de mes voyages cosmiques. Je ne me rappelle pas comment je l'ai connu. Ce dont je me souviens, c'est qu'il m'a rapidement invité à manger chez lui et que cela s'est reproduit quotidiennement plus tard. Durant nos déjeuners, il me posait beaucoup de questions sur ce que j'avais lu, et sur la musique que j'aimais. De fait, nous avons écouté souvent ses CD's. Il m'a raconté que sa maladie était très rare : « la maladie de l'amour ». Il m'a expliqué, qu'il ne pouvait pas tomber amoureux car il ne faisait rien d'autre que de tourner autour de l'être aimé.

CORPS ET BIENS (1930)

J'ai tant rêvé de toi

J'ai tant rêvé de toi que tu perds ta réalité.

Est-t-il encore temps d'atteindre ce corps vivant et baiser sur
cette bouche la naissance de la voix qui m'est chère ?

J'ai tant rêvé de toi que mes bras habitués en étreignant
ton ombre à se croiser sur ma poitrine ne se plieraient
pas au contour de ton corps, peut-être.

Et que, devant l'apparence réelle de ce qui me hante et me gouverne
depuis des jours et des années je deviendrai une ombre sans doute,

O balances sentimentales.

J'ai tant rêvé de toi qu'il n'est plus temps sans doute que
je m'éveille. Je dors debout, le corps exposé à toutes les
apparences de la vie et de l'amour et toi, la seule qui compte
aujourd'hui pour moi, je pourrais moins toucher ton front
et tes lèvres que les premières lèvres et front venu.

J'ai tant rêvé de toi, tant marché, parlé, je me suis couché avec
ton fantôme qu'il ne reste plus peut-être fantôme parmi les
fantômes et plus ombre cent fois que l'ombre qui se promène
et se promènera allégrement sur le cadran solaire de ta vie.

Robert Desnos

Je crois qu'il m'est arrivé quelque chose de similaire.

Lors de l'un de nos dîners, il m'a dit que je devais chercher Joseph et surtout ne pas le confondre avec Jésus-Christ. J'ai trouvé très étrange que de telles phrases ne m'étonnent pas. Il ajouta que lui n'était aucun des deux. Comme je l'ai dit plus haut, il m'a prêté son studio avant de partir en vacances à New-York. Le jour avant son départ, il a ajouté que je pouvais toucher tout ce que je voulais. Pendant son absence, j'ai écouté toutes sortes de musiques, j'ai vu des photographies de pochoirs des rues de Paris, et j'ai enfin compris le tableau accroché au mur principal en tombant amoureuse de lui : une femme dénudée de dos, assise avec les jambes ouvertes ; un homme face à elle, les mains sur son sexe, ne pouvant pas l'aimer.

Quand j'ai réalisé le sens du tableau, je me suis sentie mourir d'amour. J'ai senti sa respiration, sa sensibilité, mais rien n'était possible. Nous ne pouvions pas faire l'amour ensemble.

Daniel, mon meilleur ami m'a appelé et les premiers mots que j'ai prononcés furent : « je suis en train de mourir d'amour »

Daniel est venu et conseillé par je ne sais qui, il m'a fait interner.

Que mon histoire n'apporte pas de douleur

Que mes mains travaillent la paix

Que si je meurs, tu me tues d'amour

Rien de particulier

Girados.

LE PURGATOIRE

35 ans

Valérie et Nadia

À mon retour de France au Mexique, j'ai atterri chez mes parents. Je dormais dans une petite chambre qui servait comme bibliothèque. Au début j'ai essayé de voir les gens que je connaissais, mais ils avaient tous, leur vie et leurs obligations. Je n'ai pu renouer aucune amitié. Les premiers jours, je me levais tôt, mais très vite j'ai commencé à rester au lit. Quand je me réveillais, je refermais les yeux en dormant par moments, en ruminant à d'autres. J'étais très déprimée et avec la dose si énorme de médicaments que je prenais, je me sentais apathique. Parfois j'avais des fourmis dans tout le corps. C'était très désagréable.

Après trois mois, je suis partie dans la maison de ma grand-mère à Coyoacan.

Je passais mes jours devant la télé, puis j'allais au jardin.

Un jour une des amies que je fréquentais quand j'étais étudiante à Paris, s'était installée à Mexico. Elle m'a invité faire une promenade à Xochimilco. C'est lors de cette balade que j'ai rencontré Nadia. Avec le temps, notre relation s'est transformée en une grande amitié. Le seul problème est qu'elle fumait des joints et moi avec elle. Mes jours devinrent moins solitaires.

Valérie, elle, ce fut lors de ma dernière année en France que je l'ai connue. Elle était en compagnie d'une amie très aimée, depuis je la voyais pratiquement tous les jours. Elle m'annonça qu'elle était bisexuelle et me demanda si je l'étais. Je ne m'étais jamais posé la question. A ma treizième année, j'avais aimé un garçon à l'école. Alors qu'il passait devant nous lors de la récréation, je dis à une amie : « Il me plaît ». En riant elle me répondit que ce n'était pas un garçon mais une fille. Je jouais aussi, à faire semblant d'être un couple, le mari et la femme, avec deux amies d'enfance.

Nous recouvrions notre bouche avec la main et nous nous embrassions. Cela m'excitait beaucoup. Malgré ces souvenirs, je me suis toujours senti attirée par les hommes. Peut-être refoulais-je cette homosexualité ?

L'amitié que j'entretenais avec Valérie était certainement ambiguë. Cette année-là nous avions passé beaucoup de temps ensemble et elle me séduisait. Une nuit, elle s'est dévêtue devant moi, quittant ses bas d'une façon très provocante.

Elle était très jolie et avait un beau corps. Notre temps était partagé entre la drogue et le dessin. C'est avec elle que j'ai réalisé mon premier livre d'art. J'écrivais les textes, elle faisait les gravures.

Un jour, je me suis aperçue que j'étais extraordinairement contente de la voir. J'en ai déduit que j'étais amoureuse. Une nuit, partageant son lit, je le lui ai avoué, elle m'a répondu que je ne lui plaisais pas. Un sentiment de duperie s'est alors emparé de moi. Elle avait joué avec moi.

Quand je suis sortie de l'hôpital tous mes amis me dirent qu'elle avait eu une mauvaise influence sur moi.

Avec tristesse et effroi, je me souviens de M. Jeanne qui était mon maitre en typographie et impression, qui à un moment donné m'a emmené à l'hôpital car je ne me sentais pas bien. On m'y prescrit des antidépresseurs. Quand elle est venue me voir chez moi, elle m'a raconté qu'un de ses amis avait pris ces médicaments et que ça lui avait donné des pulsions suicidaires.

J'ai eu peur et j'ai cessé de les prendre.

Une nuit, elle m'a invité chez un de ses vieux amis. Nous avons regardé un film qu'elle avait choisi « Shinning ». L'histoire est celle d'un écrivain qui veut tuer sa famille et finit par mourir.

Ce film m'a terrorisé. J'étais très fragile. J'ai rechuté et j'ai pensé que son inconscient voulait me supprimer en utilisant ma grande détresse psychologique.

La première personne qui m'a rendu visite pendant mon séjour à l'hôpital se fut elle. Elle est rentrée expressément de vacances pour me voir. Lorsque je suis sortie, elle m'a téléphoné pour que nous nous voyions, mais je n'en avais pas envie.

De nombreuses années plus tard, je lui ai envoyé une invitation pour mon mariage. Elle ne m'a jamais répondu et j'ai totalement perdu le contact.

Nadia était homosexuelle. Nous nous sommes embrassées. Ça ne m'a pas plu, je ne suis pas non plus tombée amoureuse d'elle. Nous avons fini par devenir de grandes amies quand elle s'est déprise de moi. Notre relation fut un peu difficile les premiers temps car elle me jalousait beaucoup.

Tout son temps libre, nous le passions ensemble à fumer des joints et à tuer le temps en nous autodétruisant.

Je me suis toujours vue vivre ma vie aux côtés d'un homme et avec des enfants. Peut-être qu'un jour, j'aurais quelques aventures féminines. Bien que je ne pense pas faire ma vie avec une femme.

LES ENFANTS DES RUES

Six mois après mon retour au Mexique, je fus acceptée à l'école des écrivains et je commençais ma formation en juillet 1997.

En ce lieu, j'ai connu beaucoup de personnes avec qui j'ai noué de bonnes relations. Mais beaucoup avaient la sensibilité à fleur de peau. La drogue et l'alcool qui circulaient abondamment dans l'école étaient pour eux le moyen d'échapper à la réalité.

J'étais bloquée, encore dans mon échappatoire, je ne pus écrire, ne serait-ce qu'un seul mot. J'ai passé six mois à perdre mon temps, à me droguer et à m'éclater.

Perdue et sans but, ce fût un long chemin pour recouvrer la santé. Ce n'était malheureusement pas encore le moment de me libérer de la marijuana. Malgré tout, je vivais ponctuellement des petits bonheurs dans l'insouciance de l'avenir et la gaîté du présent.

J'ai redoublé le premier semestre pour arrêter en fin de compte les cours quelque temps après. En effet, j'ai commencé à travailler dans une ONG qui s'occupait des enfants qui vivaient dans la rue, j'ai ainsi travaillé avec eux. Ces enfants m'ont poussé en avant. En leur consacrant mon temps, j'ai relativisé ma propre situation et je suis sorti de la dépression. De plus je fumais peu car presque tout mon temps était occupé. En premier lieu, j'ai travaillé en vivant dans un foyer de transition avec 25 enfants. Nous étions 3 éducateurs et la coordinatrice. Nous étions un peu comme des parents. Nous faisions tourner la maison et essayions d'élever les enfants. Ils provenaient d'une maison de transit qui accueillait en moyenne 100 enfants recueillis de la rue. En général ils se droguaient et il leurs était très dur de cesser de le faire. Beaucoup d'entre eux inhalaient du PVC car c'était le produit le moins cher. Ils ne sortaient jamais. Ils étaient comme cloîtrés.

Arrivés dans la section de Transition, ils ne se droguaient plus. Ils allaient à l'école et apprenaient rapidement un métier afin de subvenir à leurs besoins et ne plus retourner vivre dans la rue.

L'institution les hébergeaient jusqu'à leur majorité.

J'avais cinq heures de repos par jour, et un jour et demi par semaine.

Trois mois sont passés ainsi, jusqu'à ce que la coordinatrice nous ameute. Mais ma mémoire me fait défaut sur les circonstances exactes de notre départ. Nous avons dû tous abandonner le foyer de Transition, une procédure judiciaire fût alors entamée contre l'institution.

Moi, j'ai été incorporé au travail dans la rue. J'y étais présente de 8 heures à 17 heures.

Je me déplaçais dans divers secteurs de la ville où demeuraient les enfants abandonnés à eux-mêmes dans la rue.

Mon travail consistait à les motiver à ce qu'ils se projettent dans le futur, à leur enseigner des chemins différents de ceux qu'ils connaissaient, de ceux qu'ils avaient vus. Je leur affirmais que c'était possible. De ma propre initiative, je faisais aussi de la prévention contre le sida pour qu'ils se protègent, même si l'institution l'interdisait, je le faisais.

Nous prenions aussi des photos des enfants pour avoir un portrait d'eux et ainsi les localiser. J'ai dû aussi aller voir un petit à l'hôpital qui s'était fait tabasser et violer. J'ai essayé de faire en sorte qu'il ne retourne pas dans la rue mais je ne me souviens plus si j'ai réussi.

Nous devions également tenir un journal de bord où nous rédigions ce que nous faisions de notre journée de travail.

J'aimais mon travail, mais il était mal rémunéré et je désirais gagner plus. J'ai travaillé 6 mois pour cette institution.

MON 1er MARI

Un jour, ma sœur m'informa d'une offre d'emploi dans le service commercial de l'ambassade de France.

J'ai passé un entretien et j'ai été embauchée. L'ambiance était pesante, mais mon salaire était trois fois plus important que précédemment. J'ai même été promue et nommée chef de la qualité. Bien plus tard, j'ai regretté de quitter cet emploi, je gagnais bien ma vie et de plus j'aimais ce que je faisais.

Et oui, j'ai démissionné après mon mariage. Ma lettre de démission, je l'ai posée dans le casier de chacune des personnes qui travaillaient avec moi dans le service.

J'ai connu mon ex-mari à l'école des écrivains. Nous nous sommes rencontrés à l'école d'écrivain et ce jour-là, nous nous sommes revus par hasard à la station de métro Hidalgo où nous avons échangé nos numéros de téléphone. Je l'ai appelé pour l'inviter chez moi. Il se disait étonné de ma bonne mine. J'étais en forme. Cette nuit-là, dans le hamac nous nous sommes embrassés et nous avons fait l'amour. Une idylle était en train de naître.

J'étais heureuse et comblée, j'avais un travail et un fiancé. Ses idées me plaisaient et sa tendresse aussi.

Nous avons vécu six mois ensemble et plus tard nous nous sommes mariés. C'est moi qui le lui ai demandé et il accepta sans hésiter.

La seule chose que je désirais était qu'il m'aime infiniment, et il l'a fait.

Nous sommes restés six ans mari et femme. Cependant nous avons commis plusieurs erreurs qui furent fatales à notre relation. Au bout d'un an, j'envisageais déjà une séparation. L'amour me quitta définitivement. Je l'aimais et pourtant je ne voulais plus de relations avec lui. Nous avons pourtant essayé, nous nous sommes donné plusieurs chances, mais cela n'a pas réussi. Je l'ai quitté et il était d'accord.

Ce qui m'a désenchanté ? Il ne voulait pas d'enfant. Je lui avais pourtant demandé avant notre mariage et il avait répondu par l'affirmative. Sept mois après le mariage, je voulais être enceinte, et lui n'a pas voulu.

Je ne me serais jamais marié avec lui s'il m'avait dit que la naissance d'un enfant n'était pas dans ses plans. Le mariage a-t-il été trop rapide suite à ces quelques mois de cohabitation ? Nous ne nous connaissions pas si bien que cela. Nous aimions la télé, le ciné, la musique et la fumette.

Ces six années furent tout de même ponctuées de bonheurs, surtout au début. Mais de sombres jours ont aussi terni mon mental, j'ai rechuté plusieurs fois et la dernière fut fatale. Malgré la maladie, mon mari était toujours à mes côtés. Nous nous sommes tant aimés. Je garde de bons souvenirs avec lui et de lui.

VERACRUZ = Véritable Croix

Quand j'ai démissionné de l'ambassade, j'ai cherché un emploi de professeur dans le journal « El Universal ». J'ai commencé à enseigner le français dans une petite école de langues.

Cette opportunité m'a été offerte et j'en ai profité. À première vue, j'ai cru que mon salaire était plus important que celui du service commercial. C'était totalement faux car les congés n'étaient pas payés. L'heure paraissait bien rétribuée, mais en réalité je passais beaucoup de temps à préparer les cours. Le coût de la vie augmentait mais pas les salaires.

J'ai décidé de partir de Mexico. Je dis, « j'ai décidé » parce que bien qu'étant marié, j'ai pris cette décision seule. Lui, il m'a suivi. Nous nous sommes tout d'abord rendus à Jalapa pour prendre la température de la ville, et ensuite à Veracruz.

Jalapa est une jolie ville, mais les salaires y étaient modiques. À Veracruz, ma grand-mère était propriétaire d'un appartement et nous y avons trouvé du travail.

Le 19 septembre 1999 j'ai gagné un concours organisé par le Fond National pour la Culture et les Arts avec des textes et des dessins réalisés par les enfants de la rue pendant mon séjour en Transition.

J'étais l'éditrice et je devais vendre les livres et les promouvoir. Chaque trimestre, je remettais un rapport d'activité au Fond National pour les Arts. Cela s'est relativement bien passé, mais j'ai eu du mal à me charger de la diffusion.

Mon plus mauvais souvenir fut d'aller de librairie en librairie remettre les factures et ce chaque mois. Tous les livres étaient en dépôt.

Dans une de ses librairies, j'ai rencontré un garçon très sympathique. Ça a tout de suite fait tilt entre nous. Il me plaisait et ça me perturbait. À mon mariage, j'avais bêtement pensé que personne ne me plairait plus jamais.

Aujourd'hui et avec le recul du temps passé, je pense que j'ai été déçu par mon ex-mari. J'avais mis beaucoup trop d'espoir en lui.

Quand je l'ai connu, il travaillait comme photographe et gagnait 2000 pesos. Je lui avais alors conseillé de quitter son emploi et de se mettre à son compte. Nous avons monté son laboratoire à la maison et tenté de trouver une clientèle. Je lui ai aussi soufflé de se mettre à écrire.

Malheureusement pour moi et mes projets, mon ex-mari n'était pas sociable et il ne trouva pratiquement pas de clients. Il tenta aussi des concours de littérature, mais, à cette période, il ne gagna rien.

C'était donc moi qui faisais bouillir la marmite à la maison. Il s'occupait à l'entretenir, à cuisiner les repas et moi à travailler. J'ai très mal vécu cela.

Nous sommes arrivés à Veracruz en août 2000.

En arrivant au port, nous sommes allés directement à l'école où nous devions travailler. Au final, la petite école n'était pas finie de construire et les salaires étaient plus bas que promis. Tous mes espoirs étaient déçus. Les ambitions que j'avais pour mon mari qui excellait pourtant dans son domaine et cet accueil raté m'ont plongé à nouveau dans mes sombres pensées.

J'avais quand même réussi à trouver un emploi de professeur de français et de littérature dans la filière d'histoire de l'Art à l'Université Christophe Colon.

L'université Christophe Colon était une école agréable et j'avais un bon salaire. En fin d'année scolaire, j'obtins la première et la deuxième place, respectivement de professorat de français et de littérature de toute l'université.

De fait l'université m'a proposé de faire l'année suivante un master que je n'ai jamais commencé.

Je voulais rentrer, je m'ennuyais de Mexico, de l'animation et de mes amis. Je m'ennuyais à Veracruz et je n'ai pas réussi à me faire des amis. Nous sommes rentrés un an après et de nouveau c'est moi qui ai pris cette décision.

J'ai beaucoup de caractère.

Mon ex-mari ne voulait pas arrêter de fumer de la marijuana. J'ai souvent voulu arrêter, mais à ses côtés, cela m'était impossible de le faire.

C'est suite à une fête et un pétard qui contenait je ne sais quel produit hallucinogène que je me suis encore vue en Sainte Vierge. Une fois rentrée chez nous je regardais le livre de contes des enfants de la rue que j'avais compilé et pour lequel j'avais eu un prix, j'eu la nette impression qu'ils étaient mes enfants. Mon inconscient ou ma folie continuait à m'envoyer cette image de moi en vierge. Mon livre et le CD de Girados me paraissaient révélateurs. La musique semblait raconter mon histoire.

Nous sommes retournés à Mexico pour consulter mon psychiatre. Nous y sommes restés un mois. Je n'ai pas perdu mon travail grâce aux élèves qui étaient satisfaits de mes cours et ont demandé à m'attendre. Par la suite on a rattrapé tous ces cours manqués.

Quand j'ai vu le psy, je lui ai apporté le livre et le CD et je me suis exclamée : « Ce sont les preuves qui confirment que je suis la vierge et que nos inconscients communiquent entre eux ».

J'étais même convaincue que ma mère n'était pas ma mère et qu'elle avait voulu coucher avec mon ex-mari car elle lui avait offert des slips pour Noël. Souvent, je lavais notre linge chez mes parents et elle s'était rendue-compte que nos vêtements étaient très vieux. Cet achat m'a paru déplacé et sordide. J'ai senti que son inconscient désirait mon mari et c'est pour cela qu'elle lui avait offert des slips. Cet acte était symbolique.

J'ai eu le sentiment que je n'aurai pas dû me marier. Je m'étais trompée d'homme avec qui passer le reste de ma vie. Ce n'était pas mon âme sœur, car lui s'intéressait à l'antichambre de la vie et moi à ce qui se passait après la mort.

Pour mon âme sœur, j'imaginais un homme plus âgé que moi. Il est éditeur et je l'avais connu en réalisant mon livre. Il m'enchantait et je rêvais que nous nous embrassions. Mais avant que nos lèvres se touchent, je me réveillais et je regardais mon ex-mari avec stupeur. Ce rêve était le symbole que c'était lui mon âme sœur et que je devais aller le chercher. Tout cela s'est passé quelques semaines juste avant notre mariage.

Un après-midi, j'ai fait mes valises et j'ai dit à mon mari : « Tu n'es pas Joseph, je rentre à Mexico le chercher. »

Je devais avoir un enfant avec Joseph pour sauver le monde et j'avais déjà 31 ans. Ce qui restait caché à moi, c'était que celle qui devait se sauver ou être sauvée, c'était moi. Et que je ne fuyais pas seulement en fumant de l'herbe, mais aussi à travers cette idée obsessionnelle de l'amour.

Je ressentais un vif sentiment d'incompréhension, le monde était malade, la société était malade. Je voyais des symboles à la télévision. Il me semblait que la télévision était un autre monde où il se passait beaucoup de choses et dans lequel les êtres humains étaient manipulés. Je ne savais pas qui contrôlait ce monde ni celui du cinéma. J'ai conclu ensuite que personne ne contrôlait rien. C'étaient les inconscients qui communiquaient entre eux. La publicité, les films, les téléfilms racontaient une histoire d'inconscients que moi seul et les malades mentaux pouvions comprendre puisque nous avions travaillé notre inconscient. La télé ! C'était la « matrix ».

Pendant cette rechute, je savais pourquoi je faisais et je disais les choses. J'étais consciente de mes gestes, des inconscients des autres.

Les films étaient emplis de symboles. Par exemple, avant que le président Fox ne gouverne, j'ai vu un film racontant l'histoire d'une fourmi ouvrière qui sauve la reine et son peuple d'un futur roi sans cœur. Ce fût pour moi le symbole de la transition, d'un changement de pouvoir dans l'inconscient des enfants et des adultes. S'ils y étaient préparés, personne ne serait contre le changement.

Après chaque rechute, je déprime.

DE RETOUR À LA VILLE

De retour à Mexico, j'ai cherché l'éditeur, mais il ne travaillait plus là où je l'avais connu, et j'ai perdu sa trace.

Nous sommes retournés chez ma grand-mère et nous nous sommes installés au premier étage dans un petit appartement indépendant de la maison.

J'ai laissé des curriculums dans toutes les universités et je suis entrée à l'université technologique de Monterrey sud.

À Veracruz, après ma rechute, j'avais dit à mon ex-mari qu'il devait trouver un travail quel qu'il fut. Il entra dans un journal de gauche comme photographe.

De retour à Mexico, il trouva un emploi dans une librairie.

Nous passâmes tout notre temps libre ensemble. Mais passé un an, j'ai eu envie de sortir le soir, alors que lui, non. Bien que cela ne plaise pas à mon mari, j'ai commencé à sortir seule et c'est devenu une habitude.

Les gens m'enchantaient, ça me plaisait de bavarder. Quoique ne fréquentant que des personnes fumant de la marijuana, j'ai beaucoup fumé aussi.

Grâce au travail, la dépression me quitta. J'aidais la coordinatrice de français à l'organisation du congrès annuel. Elle était présidente de l'association des professeurs et chercheurs de français au Mexique.

À l'université de Technologie, j'étais bien payée. En effectuant peu d'heures, j'avais quand même un bon salaire. Le seul point noir était que les congés n'étaient pas payés et les vacances étaient longues, surtout celles d'été. De plus, la paye était différée jusqu'à un mois et demi après.

En décembre de cette année-là, c'est-à-dire en 2000, ma sœur s'est mariée au Kenya avec un Mexicain. La noce s'est déroulée dans la forêt avec les MassaÏs et entourée par les animaux. Il y avait environ trente personnes. Le voyage a duré une semaine.

Mon plus beau souvenir c'est qu'un matin nous sommes montés dans une montgolfière et que nous avons atterri au milieu de la forêt pour prendre le petit-déjeuner avec du champagne.

Pour mon ex-mari, cela a été son premier voyage en avion et loin du Mexique.

Pour terminer notre séjour, nous avons fait escale à Paris. Nous sommes restés chez des cousins. Mon mari n'a pas voulu m'accompagner rendre visite à mes amis. Ce fut notre « Anti-lune de miel ».

Nous ne passions pratiquement plus de temps ensemble. Lui sortait pour faire des photos de son côté, et moi du mien.

J'ai eu une immense envie de revivre à Paris, j'étais heureuse de revoir Rodrigue, mon premier fiancé. Je l'ai rencontré lorsque j'avais 14 ans au lycée français à Mexico. Nous durâmes que quelques mois, cependant lui il m'a toujours aimé, heureusement pour moi. Lui aussi il était venu habiter en France après avoir obtenu son baccalauréat.

Nous nous sommes revus dans une fête énorme organisée par Selva, une grande amie à moi. Quand je suis arrivée en France, nous avons partagé un appartement pendant plusieurs mois, puis avons toujours gardé le contact.

Depuis ce voyage Rodrigue et moi, nous avons été plus proches. Il nous arrivait de nous écrire par mail, puis de nous téléphoner.

Je suis rentrée au Mexique, heureuse. J'ai lu un jour dans le journal une annonce qui m'intéressait : un cours d'édition dans le quartier Roma. L'incroyable est que j'avais retrouvé mon éditeur. Il donnait un des cours. Je me suis inscrite et je l'ai revu.

Je lui ai fait cadeau d'un livre « Contes en Transition » et d'un autre « Dialogue avec la lune ».

Ça faisait un moment que nous ne couchions plus ensemble, mon mari et moi. La seule chose que nous partagions, c'était la fumette.

À Veracruz, j'avais voulu le quitter après ma rechute. Il m'avait juré qu'il changerait, que nous pouvions prendre un nouveau départ. Cependant, rien n'avait changé.

En mai de cette année-là, le congrès d'AMIFRAM se tint à Acapulco. Je suis allée là-bas et j'y suis restée trois jours.

Je me suis sentie dupée par la coordinatrice lors de ce séjour. Malgré nos efforts et notre bienveillance, elle n'a jamais partagé le crédit alloué pour l'organisation du colloque. Et nous avons attendu plusieurs semaines le remboursement de nos frais. Après avoir tant travaillé sans être rémunéré ! Je devais avancer de l'argent ? Un comble pour moi.

Dans un même laps de temps, j'ai appris qu'un professeur de français avait, par le passé, mis une élève enceinte. Cela me parut scandaleux et aussi le fait qu'il continuait à travailler dans le centre de langues.

Un certain mécontentement prenait forme dans mon esprit et de retour d'Acapulco, je me suis entretenue avec la directrice du département sur ces deux faits : pour me plaindre de la coordinatrice et pour protester contre la présence de ce professeur au sein de l'établissement. Au final, qu'est-ce que j'avais à faire ?

J'étais en train de récidiver. Je suis une personne hypersensible et pendant mes rechutes, cette sensibilité est décuplée. J'ai tenu à la directrice des propos beaucoup trop abrupts. Ce qui a entraîné la non-reconduction de mes heures de cours. J'ai appris plus tard par une collègue que la coordinatrice et la directrice étaient d'accord sur le fait que j'étais folle et que j'avais été suspendu pour cela.

Avec mon mari, les choses allaient de mal en pis et j'ai décidé de le quitter. Je lui ai trouvé un logement et je suis tombée rapidement dans l'isolement de ma maladie.

C'est cet été-là, et pour la première fois, que j'ai commencé à entendre la voix : « Je serai qui tu voudras. » Je l'entendais clairement dans ma tête.

Cette voix me jurait qu'elle m'aimait, que nous communiquions par télépathie mais qu'elle avait juste un défaut : Elle était très jalouse.

J'ai passé des heures à lui raconter ma vie. J'étais heureuse. J'avais rencontré mon âme sœur et nous nous écoutions. Elle me disait qu'elle viendrait me chercher.

Je continuais à fuir. Je fuyais ma douleur, ma tristesse, ma déception, je me fuyais moi.

Un matin, j'ai appelé l'éditeur et je l'ai invité à dîner. Il est venu pour moi et nous sommes allés à Coyoacan. De retour chez moi, nous avons fait l'amour.

Il me plaisait beaucoup, beaucoup ! Mais, cette nuit-là, il me révéla être marié. J'étais déçue. Je voyais en lui mon père, plus âgé que ma mère et bel homme encore à son troisième mariage.

Un après-midi, énervée par la visite furtive de ma famille dans mon appartement pour y chercher de l'herbe, j'ai arraché une plante précieuse dont j'avais pris soin depuis des années et je me suis enfuie chez Jean, mon grand ami homosexuel. Je l'avait rencontré à Acapulco pendant le colloque que j'avais organisé. Sa mère avait été schizophrène ce qui indubitablement nous unissait. Il retrouvait sa mère avec moi. Et pour moi il représentait tantôt un fils tantôt un compagnon qui s'occupait de moi.

Ma mère appela Jean et lui demanda de me convaincre de me faire soigner. Je suis arrivée chez lui avec une valise et il m'a persuadé sagement d'aller à l'hôpital psychiatrique.

SERAIN

J'ai touché le fond
Et je dis le fond très profond
Dans les raisons mouvantes de l'être
J'ai foulé la cime
De la gloire comme de la victoire
Et ainsi je me suis promenée, pas à pas je continuerai
Serein
Courage et misère
Ouvertement sauvage
Plus ou moins exempt au pourquoi sauvé
D'un naufrage antique d'un destin vécu
Mon empire se réalisera contre vent et volonté
Ici ici ici

Ici il s'achève, Ici il ne suit pas, ici
Ici il ne commence pas ici il me fait mal ici
Prince serein d'un enchantement tellement serein
Sans ta moitié canaille je ne serai jamais roi
Et je mourrai en me taisant ou bien je perdrai la mémoire
Du mensonge heureux qu'est le mensonge
Ici Ici ici
Ici où il s'achève ici il ne suit pas ici
Ici il ne commence
Ici ici ici
Ici il me fait mal
Ici ici ici
J'ai touché le fond
Et je dis le fond très profond
Dans les raisons mouvantes de l'être
J'ai foulé la cime
De la gloire comme de la victoire
Et ainsi je me suis promenée, pas à pas je continuerai
Serein

BOSE SERENO

Quand je suis arrivée, j'ai signé mon entrée et je suis allée me coucher.

Quand je rechute, je me lève très tôt.

Le jour suivant, j'ai voulu me doucher, mais il n'y avait pas d'eau. Je suis descendue à l'accueil me renseigner et Il m'a été répondu que l'incident allait être réparé dans une heure au plus tard. Neuf heures ont sonné, j'étais désespérée de tant attendre, je suis alors redescendue et j'ai haussé la voix en disant : « Mes parents paient très cher pour que je ne puisse pas me doucher ? ». Le personnel d'accueil a appelé les infirmiers qui m'ont attaché les poignets et les pieds. Je suis restée ainsi pendant cinq heures. De toute évidence, suite à cet incident, je n'ai plus jamais haussé la voix.

J'ai connu plusieurs personnes qui m'ont beaucoup marqué dans cet établissement de soins. L'une d'elles était alcoolique et ne voulait pas vivre sa vie en dehors de l'hôpital psychiatrique. Quand elle buvait, elle voyait le diable et tentait de se suicider. Elle passait son temps à l'église ou dans sa chambre à lire Harry Potter.

Quand je lui ai raconté mon histoire avec François, elle m'a dit que c'était le diable et que je devais faire très attention à moi.

Un autre était schizophrène. Quand il voyait le diable, il tentait de se suicider car il sentait que le diable rentrait dans son corps. Chaque fois que cela arrivait, on l'attachait.

Je me souviens aussi d'une femme dont le mari ne voulait pas qu'elle sorte de l'hôpital. Une fille avait le même problème, sa famille ne voulait pas non plus la voir sortir.

Moi, je continuais d'entendre la voix en permanence. Mon séjour a duré 15 jours. Le jour où je suis sortie, tous ces gens me faisaient des signes d'adieu par la fenêtre. Je suis rentrée chez ma grand-mère et j'ai recommencé à fumer.

Ainsi plusieurs années ont passé entre rechutes, marijuana et co-dépendance.

En 2003, j'ai décidé de divorcer. Ça faisait déjà deux mois que j'entendais à nouveau la voix.

LA VOIX

Je l'ai entendue pendant un an. Je suis allée travailler avec la voix. J'étais convaincue d'être télépathe. Cette voix me disait qu'elle m'aimait, et je l'écoutais parce que c'était mon âme sœur. Quand je serai prête, cette voix viendrait me chercher et nous ferions notre vie ensemble et nous aurions des enfants ensemble.

C'est tellement facile de dire :
Je t'aime quand nous sommes seuls,
La difficulté c'est de le faire quand tout le monde écoute
Si tu me regardes si tu me regardes
Je t'apprendrai à dire je t'aime, sans parler,
Tant que nous aurons un secret à cacher.
La folie de t'aimer comme un fugitif
M'a emmené loin où me cacher.
Si tu me regardes, si tu me regardes
Quand la justice grandira là tu verras que nos
chances de lutter sont plus grandes.
Paroles d'un langage nouveau que j'ai construit
Pour nous, pour l'amant persécuté
Qui doit cacher sa voix
Quand tu décideras de l'apprendre il n'y aura pas de silence,
Il ne te faudra pas utiliser la voix pour le rompre ;
Si tu me regardes tu me parleras,
Si tu me regardes, tu me parleras
Moi je continuerai à nier quoiqu'il arrive
À exposer mon cœur dans cette vitrine ;
Si tu me regardes, si tu me regardes
Quand la justice grandira, là tu verras, que nos
chances de lutter sont plus grandes

Parole d'un langage nouveau que j'ai construit
Quand tu décideras de l'apprendre, il n'y aura plus de silence

AS

Nous bavardions beaucoup.

MON ULTIME RECHUTTE

Il y a des jours comme aujourd'hui où je suis épuisée. J'ai pleuré toute la journée et je ne me sens pas mieux. Ces derniers mois ont été extrêmement durs. Couché par écrit huit ans de ma vie a été un exercice extrêmement difficile Au début j'ai souffert d'une attaque de panique, ensuite de paranoïa. J'avais très peur. Ensuite, un sentiment de frustration a pris racine dans mes pensées. De tous les endroits vers lesquels je me suis dirigée pour dénoncer les faits, une seule institution m'a répondu : « Je suis en mission à l'étranger ». Sa mission terminée, je n'ai reçu aucune réponse. Dénoncer a été terriblement dévastateur pour moi. Écrire et se confronter à son histoire est extrêmement douloureux. Cependant mon état serait pire si je ne l'avais pas fait. Écrire mon histoire est ma façon de positiver ma vie et je persévère dans cette idée de dénonciation, je dénonce ce viol bien que je ne me sente pas écoutée. Je sens un mur infranchissable entre la société et moi. La société est tout ce qui m'entoure, depuis les institutions jusqu'à ma famille, mes amis, mon mari. Personne n'aime que je parle du passé parce que mon passé est désagréable à entendre. Je dois donc payer quelqu'un pour être écoutée. Je dois continuer à supporter l'étiquette qu'ils m'ont tous mise et surtout, je dois accepter l'aveuglement de tous : Des institutions, de la police française, de ma famille, de mes amis. Je veux recommencer à zéro. Je veux laisser derrière moi ce passé. Je ne sais pas encore comment mais je le veux.

Je ne peux pratiquement parler à personne de ce qui m'est arrivée parce qu'immédiatement je déstabilise les gens. Mais c'est ma vie, et je ne veux pas continuer à nier ou à cacher mon passé. Je n'ai pas à le faire. J'aimerais être entourée de gens qui comprennent le grand effort que j'ai fait pour aller de l'avant après tout ce qui m'est arrivé. Avec mon mari, je ne peux pas non plus mentionner ce qui est arrivé en France parce qu'immédiatement il se tend. Mon amie Bérénice me dit de tout oublier, que c'est du passé. Bérénice et moi, nous sommes rencontrées à l'Université. Nous sommes devenues de grandes amies et nous avions de belles discussions.

Pour d'autres personnes, je fabule et mes dires ne sont que les symptômes de la maladie. Le plus clair pour moi, c'est que personne n'aime entendre cela parce que c'est désagréable. Car les gens sont éduqués pour éviter à tout prix ce qui est désagréable, car le désagréable nous montre que la société ne fonctionne pas. C'est une des raisons pour lesquelles je me suis identifiée aux enfants des rues. Parce que ce sont des enfants transparents que personne ne veut voir, parce qu'ils sont la preuve que notre société ne fonctionne pas. C'est plus facile de continuer à vivre comme si de rien n'était. Il semble que parler de problèmes dérange les gens. La vérité dérange les gens, ils l'a nient.

Ça m'a pris plusieurs années pour affronter mon passé et m'enlever l'étiquette de malade. Mes premières années au Mexique, j'ai rebondi et récupéré et j'ai continué à vivre. Mais j'ai trébuché encore et encore. Mon passé a resurgi avec violence : il est devenu clair que je ne pouvais continuer à vivre avec cette souffrance et douleur. Malade de rien, je devais aller de l'avant, je devais me sentir bien, je devais écrire l'histoire, je devais continuer à dénoncer.

Je dénonce donc la marginalisation engendrée par l'étiquette de folle, je dénonce surtout l'utilisation qu'on en fait pour se voiler la face. La vérité est aussi jolie qu'insupportable.

12 décembre.

La télé est allumée. Il est une heure moins cinq. Je suis en train de regarder et d'écouter la messe de la Villa.

Je me sens fatiguée, j'en ai marre. J'ai fait trois rechutes et demie. Rattrapée par le souvenir, je me suis senti moitié Vierge, moitié Malinche, ou moitié Madeleine.

Quelle absurdité ! Il y a des jours comme aujourd'hui, où tout me paraît insensé, où la réalité me fait mal jusqu'à l'os. Malgré tout, la vie est belle. François en est la clef de voûte, il se prend à moitié pour Superman ou Jésus-Christ, et même parfois complètement.

Comme il est difficile de revenir à la vie ! Comme le chemin de la justice humaine est cahoteux. Alors bien sûr, je pense à la justice divine. Elle doit exister ! Huit ans ont passé et j'ai chuté tant de fois. En sera-t-il toujours ainsi ? Cela fait déjà plusieurs années que je ne souffre plus de dépression. Cela fait déjà plusieurs années que je ne suis plus alitée en journée, que je ne fais plus de convulsions, que je n'ai plus de fourmis dans les membres, mais je suis toujours sous traitement. Je continue la thérapie, je continue de chercher cette justice terrestre et déjà 8 ans sont passés. La justice est mon plus cher souhait, même si le processus n'a même pas commencé !

Mon Dieu, la justice divine doit exister. Il ne peut en être autrement. Je ne veux pas croire en un monde sans elle, parce qu'alors, cela n'a pas de sens, parce qu'alors, toutes ces années n'ont pas de sens non plus.

Depuis des années je ne crois plus en la Vierge de la Guadalupe, depuis mon séjour au collège de Mexico lorsque que j'ai appris qu'elle avait été créée par l'église afin de coloniser les esprits. Je peux croire que la Vierge de la Guadalupe est la Malinche. Oui c'est elle, parce que pour être vierge il faut être putain, parce que pour être putain, il faut être Vierge, parce que la Malinche et la Vierge de Guadalupe sont deux figures nées en même temps dans l'histoire du Mexique. Finalement, je veux croire que toutes les Mexicaines et moi sommes Vierges et Malinches. Les deux images que possède l'homme mexicain.

Je veux croire que la Vierge est vierge du cœur, de l'esprit. Ce n'est pas une vérité pour tous les croyants et seul quelques-uns peuvent le comprendre. Les insensibles, ceux qui n'ont pas de cœur, de valeurs, qui n'aiment pas leur prochain et qui ne veulent pas le bien commun, ne peuvent le comprendre. Pourvu que justice se fasse.

JE DECLARE QUE TOUT CE QUE J'ECRIS EST FICTION POUR ME PROTEGER. (Nous vivons dans un monde d'aveugles)

27/04/2005

Avec JESUS, je me pardonne d'avoir exercé la télépathie car je ne savais pas que ça ne venait pas de toi et que le SEIGNEUR le convertisse en bénédiction.

Avec JESUS, je pardonne François d'avoir voulu me tuer car ils sont très malades et que le SEIGNEUR convertisse cela en bénédiction.

Je sais que JESUS est avec moi et donc le SEIGNEUR.

Ma vie ne sera plus dans l'obscurité mais dans la clarté. Je remercie mon DIEU de m'avoir guidé, d'avoir été avec moi.

38/04/2005

Seigneur, tu sais pourquoi tu fais les choses, bien que ce soit pour moi très douloureux, il me semble que le fait de ne pas tomber enceinte à Paris, a été ta manière de m'annoncer la venue de JESUS-CHRIST.

Ce que je ne sais pas, c'est si la voix est celle de Joseph ou si c'est une action du diable. Hier, je suis allée chez un exorciste et il m'a dit que je n'avais rien, que je n'étais pas possédée. Mais comment est-il possible que tu m'aies envoyé un homme comme cela ? Qui a essayé de me tuer plusieurs fois. Je suis désespérée, maintenant, je ne veux plus l'écouter. Il ne part pas. Il ne se coupe pas. Fais quelque chose ! Les médicaments ne marchent pas. Dois-je mourir pour ne plus l'entendre ? Je n'en peux plus. L'exorciste n'a rien pu faire. Il m'a jeté de l'eau bénite et il a prié, mais cela continue. Je l'ai déjà quitté, je lui ai dit que je ne l'aimais pas, qu'il me tourmente. Il ne s'en va pas. Il dit qu'il est ma moitié. Que nous devons nous rencontrer. Il s'est emparé de ma tête, de mon mental, de mes pensées, de mes images, de ma vie.

À Cacouna, où je suis allée faire une régression jusqu'à la conception, ils m'ont dit que la voix ne venait pas de Toi. Alors elle vient du diable, car elle me torture, me réveille, elle est toujours là.

Je t'ai prié, je t'ai maudit, et tu ne fais rien. Que dois-je faire pour qu'elle disparaisse ? M'ôter la vie ? Ote- la moi ! Je ne peux pas. Ne me fais plus souffrir. Quel est l'apprentissage ?

Tu me châties parce que je n'ai pas cru que j'étais la Vierge ? Par ce que je ne voulais pas t'écouter ? Par ce que je ne voulais pas faire ta volonté ?

J'ai cessé de croire en toi parce que tu m'as abandonné. À Cacouna, ils m'ont assuré que tu as toujours été là mais je ne pouvais pas te voir, je ne pouvais pas te sentir.

Mais, qu'ai-je fais pour mériter cela ? Je n'ai jamais tué, jamais violé, jamais volé. J'ai aimé avec la profondeur la plus absolue. Je voulais uniquement que justice soit faite pour cette petite fille, pour moi. J'étais perdue. J'étais noyée. Je suis toujours dans la profondeur des eaux. Je ne vois pas la sortie.

Je ne vois pas le futur. Je m'abandonne à Toi. Porte-moi car je ne peux plus marcher. Cette voix est en train de me détruire. Je ne sais pas comment sortir. Ouvre-moi une porte, une fenêtre. Je continue de me noyer. Déjà, je ne peux plus respirer. Je ne peux en supporter plus.

Je désire vivre comme les autres, être normale. Je ne veux pas être la Vierge, je ne veux pas porter Jésus. Pourquoi m'as-tu choisie ?

DIEU ? Je ne veux pas que ton fils vienne pour être lynché. J'espère que ma souffrance et mes actions ont été dignes de Lui.

Je peux être Jésusa. Ils m'ont crucifiée à l'hôpital psychiatrique. Ils m'ont lié les pieds et les mains. Je te donne ma douleur. Ôte-la-moi. Ôte-moi la vie.

François se fait passer pour Toi. Il dit qu'il est toutes les religions. Il dit qu'il est contre l'église catholique, il représente la fin de ton église.

Ce qui nous unit, la voix et moi, c'est la profonde solitude que nous ressentions, il y a déjà trois ans de cela. Moi, je ne me sens plus seule depuis déjà assez longtemps, et maintenant, moins que jamais. Je m'abandonne à toi. Que ta volonté soit faite au ciel comme sur la terre.

Tu as montré à la voix que tu étais avec elle à tout moment à travers moi.

Dieu, bénis le monde, sauve-nous et apprends aux HOMMES À AIMER VRAIMENT, D'AMOUR, DE FIDELITE ET DE PAIX : BENIS-NOUS SEIGNEUR DIEU, je suis ta révolutionnaire du cœur.

Comme ils me l'ont dit à Cacouna, je dois persévérer dans mes actes. Je ne m'agenouille devant personne, seulement devant TOI, MON DIEU.

Comme me l'a conseillé hier le PÈRE, je reste où je suis à lutter, et j'irai où TU me emmèneras. Où veux-tu que j'aille ?

Je ne crois pas que la voix soit celle de Joseph C'est celle du diable parce que les médicaments n'ont aucun effet.

Mes actes sont parfois insensés. Je me déclare non responsable.

À Cacouna, ils ont brûlé MON DICTIONNAIRE DES SYMBOLES.

Il ne faut pas laisser de signes, de traces.

Avec Jésus, je pardonne le mal qu'on m'a fait. SEIGNEUR change cela en BÉNÉDICTION.

Quand je suis fatiguée, le travail de BLOCAGE de télépathie me coûte. S'il te plait, mon DIEU, enlève-la-moi. Elle a régressé, mais pas comme je le voudrais.

Je ne me souviens pas si les ciseaux qui étaient chez François ont été mis là par lui ou par la police secrète.

À l'université, j'ai lu le livre d'un assassin qui croyait obéir à Dieu. Il travaillait dans un cimetière et, selon lui, DIEU lui ordonnait de nettoyer les rues en tuant les prostitués.

Quand tu m'as parlé, DIEU, sans parole, sans télépathie, je me suis souvenue de ce livre et je me suis dit que là je devenais folle. Et que si DIEU m'ordonnait de réaliser un acte fou, je n'allais pas l'exécuter.

Tu ne m'as jamais demandé de tuer, ni de faire quelque chose sans moralité ni valeurs.

DIEU ! Guéris tous les malades mentaux. Guéris-moi et bénis nous.

OH DIEU GUERIS MON CŒUR !

La voix veut que je me suicide pour que nous cessions de nous entretenir.

Avec JESUS, je pardonne la police française d'avoir voulu me tuer. Seigneur, convertis-le en bénédiction.

Avec JESUS, je pardonne la pédophilie et mon avortement, que le Seigneur les bénisse.

MERCI Seigneur de le bénir avec la pluie qui tombe.

La guerre de Troie n'aura pas lieu. Elle a commencé en 1996 et se terminera en 2006. François affirmait dans ses courriers qu'il avait fait cette guerre. Pour ma part, je l'ai faite mais toujours par amour et pour mes idéaux de justice. François a essayé de me tuer en cet été fatidique de 1996, mais tu es venu pour moi.

La voix a tenté de me pousser au suicide en m'envoyant des images de moi, pendue. François voulait aussi mettre son cœur dans le mien. Je me suis libérée de François et de la voix. Personne ne peut ôter la vie à quiconque, seulement toi mon Dieu.

JE N'AI PAS TOUJOURS ETE CONSCIENTE DE TOUT CELA. SI JE PERDS LA MEMOIRE OU SI JE SUIS TRES MAL, VOILA LE REMEDE : UN BAISER.

À Cacouna, j'ai toujours vu l'image de Jésus quand je descendais les escaliers imaginaires où me conduisait mon guide spirituel. Quand j'arrivais en bas, Dieu m'étreignait ainsi que Jésus. La voix était jalouse, même de Dieu. Une fois, je lui ai dit que je dansais pour lui et elle s'est énervée. La voix voulait m'attirer dans ses bras et non dans les tiens. Cela aurait été ma perte.

La voix m'a dit que son sexe est une fleur.

Elle me dit : « Disons-nous ADIEU POUR TOUJOURS ». Ce fut ainsi.

Une fois, j'ai demandé à Dieu un signe pour savoir si je devais continuer à lutter et j'ai vu à la télévision une tempête arrachant les arbres le long de la Seine. Déracinés !

L'année dernière, j'ai renouvelé ma demande et il a plu.

Je n'aurai jamais peur de la tempête.

La pédophilie et l'infidélité ne devraient pas exister.

René ! J'ai cru une fois que nous nous aimions mais cela est le passé. Je pense t'avoir connu pour une raison précise. Tu es mon avocat symbolique.

René et moi sommes sortis ensembles pendant deux ans à mon arrivée en France. Il est avocat et aujourd'hui c'est un grand ami.

Je n'ai pas encore décidé de ma couleur, mais mon symbole sera le cœur.

Ma couleur sera le rouge, l'amour pour Jésus-Christ et sa résurrection.

J'ai envoyé à François quelques photos de Mexico avec un cheval de Troie.

Que Dieu le bénisse et nous pardonne !

La voix a été violée par son grand-père. Pour leur silence, il donnait de l'argent à ses parents. La voix a un pénis dans la tête. Seul, l'intellect le guide, pas les émotions. L'amour est un sentiment positif qui rend heureux, qui donne de l'énergie et ne fait pas souffrir. La voix est blessée et a besoin d'un pénis fictif pour violer. Pour se sentir importante car elle se sent très dévalorisée.

Au mieux, l'homme de mes pensées, je le rencontrerai dans mille ans. Le masseur dit que cet homme sera très évolué.

Je ne suis pas une érudite en théologie et je ne connais pas les questions auxquelles je peux prétendre répondre.

Je me déclare : « la reine des cœurs ».

Le malsain prend réellement germe dans l'esprit. La voix a essayé de me pervertir, mais elle n'a pas réussi. J'ai des valeurs, je les ai apprises à travers toi, Dieu, du catéchisme que j'ai suivi dans la paroisse française et dans ma famille.

C'est moi qui ai demandé à mes parents qu'ils m'y emmènent. Grâce à DIEU, je suis baptisée, j'ai fait ma première communion et ma confirmation. Alors, pourquoi le diable me guette-t-il ? Notre Père qui êtes aux cieux, que ton Nom soit sanctifié, que ton règne vienne, que ta volonté soit faite sur la terre comme au ciel, donne-nous aujourd'hui notre pain de ce jour, pardonne-nous nos offenses comme nous pardonnons aussi à ceux qui nous ont offensé, et ne nous soumets pas à la tentation, mais délivre-nous du mal. Amen.

Mon ex-mari a écrit une histoire qui s'intitule « Urbano et Jésusa ». Les personnages meurent. Demain, je divorce définitivement de lui.

Que le monde soit meilleur.

L'eau est le symbole de la pureté, de la transparence du cœur. Et comme le dit si bien le renard au petit prince : l'essentiel est invisible aux yeux.

Je suis ton soldat.

Mexicains ! Au cri de guerre... d'amour et de paix. Tuez-nous d'amour, de transparence, de vérité, de bénédictions. Non au suicide. Le diable est très habile.

La voix est très dangereuse car elle connaît très bien mon histoire et elle a toutes mes références. Maintenant, nous connaissons quelques-unes des siennes.

Dieu, bénis tous mes symboles. Tout ce que j'ai fait, je l'ai fait par amour, par amour pour toi, pour les hommes et les enfants.

Quand je vais dans la rue qui s'appelle Cuba, je me déclare non responsable de faire de la politique. Je ne suis affiliée à aucun parti politique, ni à aucune association.

Mon unique guide, c'est toi.

J'ai gardé une forte impression lorsque j'ai cru être la Vierge en France. François m'a dit que je ne devais pas me tromper entre Joseph et Jésus-Christ.

Le problème de mes doigts est venu avec le temps. Je ne le fais pas exprès.

Depuis que je suis petite, j'ai mal aux genoux. Je suis allée consulter le médecin et il m'a dit que je n'avais rien. J'ai aussi des cicatrices aux mains et aux pieds.

Je fais ce que tu me dis, à travers l'Esprit Saint. Bénis-nous Seigneur.

Enfant, je voulais être immortelle et je voulais t'aider à réparer ce monde tourneboulé. J'ai passé huit ans à lutter, mais personne ne comprend. Je fais peur, ton pouvoir fait peur. Les symboles, je les ai découvert lorsque l'on m'a poussé au suicide et en fréquentant Paul qui était bien malade. Il a sûrement fait un pacte avec le diable. Tu dois être bien fâché qu'ils tuent en ton nom ? Toi seul peux le décider.

J'ai essayé d'œuvrer pour un monde en paix, pour que les hommes baissent les armes, ses ordures, pour qu'ils fassent la paix. Je crois en un

Dieu unique pour tous les hommes. Les hommes ne font que se battre, ce sont des êtres primitifs.

Mon Dieu, faites qu'il pleuve en ton nom et purifie la terre qui en a grand besoin.

C'est si difficile de parler à mes semblables. Je peux seulement parler aux psychiatres et aux prêtres car les gens ne me comprennent pas.

Fais-moi un signe pour savoir si je suis sur le bon chemin, celui que tu as choisi pour moi.

Dieu, la voix est un « tueur inné» ; elle est meurtrière.

Ils ont mon numéro de téléphone inversé, mon adresse et ils connaissent les lieux où je me rends. Il y a des agents secrets ou des espions. Impossible de retourner en arrière, ni d'aller de l'avant.

La société veut que je résolve ses problèmes et elle croit que je ne m'aperçois de rien. Je n'ai aucun interlocuteur. Mais oui, on m'épie.

La terre est modelée par l'homme. Pour une raison inconnue de moi, tu m'as envoyée.

L'homme a le pouvoir et maintenant tu l'as toi à travers une femme.

Le Monde connaît ma situation et me refuse un interlocuteur physique.

Seule l'Église m'en octroie mais d'une manière bien mystérieuse.

Dieu, fais des miracles. Fais-les !

Je ne pratique pas la sorcellerie. J'ai de l'ail contre les mauvaises vibrations. Quand j'ai vu L, il m'a conseillé de disposer 3 citrons. Si les citrons moisissaient, c'était la preuve que j'avais été ensorcelée. Ils sont devenus noirs !

Quand je coupe avec les mains, je coupe avec le passé, avec la télépathie.

Je suis d'accord pour dialoguer avec la police secrète et coopérer.

La voix m'a demandée de ne pas porter de jupe, ni de collier, d'anneau. Elle me les offrirait car elle est mon maître. Il ne veut pas que je porte mes sandales rouges.

En définitive, je me retrouve dans la lumière, mais le monde semble rester dans les ténèbres.

Le cœur de pierre que j'ai ramassé sur les rivages de Puerto Escondido a disparu. Et hier, j'ai fermé la porte avec une clé que le gardien ne possède pas. Ils sont entrés chez moi. Certainement, la police secrète. Une fois, J'ai trouvé à Viaducto la prise débranchée. Mon mari était absent et moi aussi. Viaducto c'était le quartier où se trouvait notre appartement.

Dieu, le monde est aveugle et le diable continue de guetter.

Je pensais que René me comprendrait mais il a ses problèmes personnels et il se sent presque harcelé. La voix m'a révélé qu'elle était avec lui et qu'elle me parlait à travers lui. Il m'a niqué.

Je veux rompre définitivement avec mon passé. J'ai déchiré beaucoup de mes lettres. Je ne sais pas ce que détient la police. Cette pierre, oui, ils me l'ont volée. Elle n'a pas de pouvoir. Le pouvoir est en Dieu. Ils peuvent se nommer Reines de Dieu et Rois de Dieu, mais François m'a dit une fois que le roi peut perdre sa reine et continuer à être roi. Dans mon monde symbolique, je me déclare La Reine de Dieu. Mon roi ne me perdra jamais. Au pire, je suis Jésusa. J'ai des cicatrices parce que j'ai vraiment été crucifiée.

Dans l'empire du diable, je ne règne pas, je ne fais pas de pactes. Je veux que la télépathie disparaisse pour cette raison. Chaque fois que la cloche sonne trois fois, c'est que la voix est en train de me maltraiter, elle me harcèle d'une manière malsaine.

Je lui demande de déguerpir et elle ne veut pas.

Depuis qu'elle est apparue dans mon cerveau, je lui ai répété qu'entre ma tête et la sienne, je choisissais la mienne.

Dieu, bénis-moi.

Mon cœur me fait mal. La voix voudrait nous réunir. J'y ai consenti un instant, mais j'ai toujours ressenti une certaine gêne le concernant. J'ai dû arriver où j'en suis pour stopper ses avances et lui prouver que je ne suis pas folle. Je ne veux pas passer le reste de ma vie dans un hôpital psychiatrique.

Je me sépare de la voix et de tout mon passé.

François m'a appelée Harry Potter. Je ne veux pas passer ma vie à donner du sens à tout. Je fais ma vie et le monde a les yeux posés sur moi. Un Big Brother, seulement pour moi. Je suis dans une extrême solitude et je ressasse inlassablement le fait que je ne peux me confier à personne.

Purs miracles. Merci pour ce vent qui chasse la brume épaisse. Et maintenant, qu'il pleuve !

Merci pour ces gouttes.

Je me sens si sûre de ton amour, Dieu. Parce que toutes ces années, tu as été à mes côtés pour me sauver. Pour me sauver de la voix.

Hier, je me suis penchée à la fenêtre, et j'ai vu ta lumière au travers des nuages. À Cacouna, il s'est passé la même chose.

Tant de pouvoir me rend malade, je veux le déléguer. Tous ceux qui ont la foi le possèdent.

J'ai appelé René parce que la voix m'a dit qu'elle était avec lui et que la société me donnerait des preuves. Je lui envoyais un message à chaque fois que je me sentais harcelée et que j'avais peur en espérant qu'il me protège. Par conséquent René s'est senti harcelé à son tour.

La télépathie n'a pas d'origine divine, c'est de la sorcellerie. Toi et le diable m'avez affronté. Tu veux lui montrer aussi ce que tu veux.

Les faits concernant ma grand-mère se sont passés dans la rue, près de Durango quand je suis allée me faire exorciser. J'ai des preuves. Jusque dans la banque quand j'y suis allée. Cela fait 8 ans que j'expose ces preuves.

Maintenant, je ne sais que faire car je ne veux plus écouter la voix. Je vais dire à François aujourd'hui que je ne l'invite plus. Peut-être,y a-t-il déjà des gens infiltrés ? Je ne sais pas, je peux être très méfiante.

La voix est en train de me corrompre, elle veut me poignarder, elle veut que nous nous battions avec des armes, et cela prend forme dans ma tête. Mon ex-mari m'a dit que je suis libre de faire ce que je veux dans ma tête et je le sais. C'est une autre histoire que celle de passer à l'acte.

Je n'imagine jamais de bagarres dans mes pensées.

La voix s'est emparée de moi. Je suis effrayée.

La voix veut que je lui confirme que nous lutterons uniquement avec les mains. Sinon, j'aurais le pouvoir de la dénoncer.

Les pactes que nous avons faits avec le sang imaginaire, je les ai déjà bénis et je les ai déjà défaits.

En cette nuit éternelle, je cherche un reste de mon soleil.
Le monde dont je me souviens
Comme tout, vie à vie, s'éteint,
Penser que j'aurai pu être sauvé

Je voulais être Gulliver
Je ne l'ai jamais été
En cette nuit obscure comme toujours, je me perdrai
En marchant sur cette terre désertique
Et persécutée par la voix de ce que je sais
J'en ai trop fait
Mais maintenant il est tard
Très tard
Et je crie blessé non
Un non qui éclate en mille morceaux
Un non qui tombe dans l'oubli
Inutile, petit et perdu
Et je crie blessé non
Si fort et si désespéré
Si grand, solitaire et vaincu
Inutile, petit, perdu...
Et je crie non non...
-en cette nuit obscure il n'y a pas de possibilité
De donner la vie à quoique ce soit
Ce qui meure pour toujours est mort
Et fait mal d'avoir tant de regret
-je voulais être Gulliver
-je ne l'ai jamais été
Et je crie blessé non
Un non qui éclate en mille morceaux

Un non qui tombe dans l'oubli
Inutile, petit, perdu
Et je crie blessé non
Si fort st si désespéré
Si grand, solitaire et vaincu
Inutile, petit, perdu,
Inutile, petit, perdu
Perdu mon ultime hurlement
Et je crie blessé non
Pas un qui éclate en mille morceaux
Pas un qui tombe dans l'oubli
Inutile, petit, perdu
Je crie non, non-
Perdu
Sauvé
Non sauvé
M.Bosé.

J'écoute cette chanson pour observer mon parcours et résoudre la devinette. La musique que j'entends n'est pas diabolique, ce sont mes souvenirs. Coupez SEIGNEUR ! Convertissez cela en bénédiction.

La voix voulait s'incarner en JESUS-CHRIST pour moi.

Je n'entends pas les pensées de la voix. Lui perçoit les miennes. Il peut parler et faire de la télépathie en même temps, moi non.

Ce qui est en mon pouvoir, mais c'est très fatigant, c'est de le bloquer. La nuit pendant mon sommeil, il dit des choses car je me réveille. Il dit qu'il a le sida et à d'autres moments il dit qu'il est très méchant. Il dit qu'il confirme qu'il ne l'a pas. Et qu'il le prouvera.

Une fois, j'ai dit à la voix que la casserole était pleine d'eau et qu'elle était en train de déborder. Il m'a répondu que je n'avais pas à m'en préoccuper car j'avais des plaques électriques.

À plusieurs occasions, la voix a essayé de me tuer.

Avec JESUS, je lui pardonne et que le SEIGNEUR le convertisse en bénédiction.

DIEU, arrête cette télépathie.

SEIGNEUR, BENISSEZ-NOUS.

Aujourd'hui, le soleil a effleuré mon bras et j'ai recommencé à te voir dans la lumière au travers des nuages.

Il y a trois ans, j'ai rêvé que François me déconnectait comme l'acteur de Matrix. Hier, la voix nous a rebranché par la nuque. La voix est bien malade et je ne la supporte plus.

Hier, je suis allée prier à l'église San Felipe avec mon guide spirituel. Je lui ai donné une partie de mes écrits et une cassette.

Je suis transparente et je l'ai toujours été, je n'ai rien à cacher. J'ai donné des preuves de tout, des preuves rares, mais ce sont des preuves.

Je regrette beaucoup que René n'ai pas compris.

Je mets certains noms en minuscule pour diminuer leur pouvoir.

Mon désir le plus fort, c'est de cesser d'être télépathe. DIEU, S'IL TE PLAIT, arrête- la voix. Tu es le plus puissant en ce monde.

MERCI DIEU pour tous les cœurs que tu m'as envoyés au travers des nuages. Je les ai vus par la fenêtre.

MERCI d'entrer ainsi.

J'aimais beaucoup la voix, mais elle serait ma croix et je veux être heureuse.

MERCI pour me mettre en face du soleil.

Mardi, la mort m'a frôlé quand la voix m'a menacée de rapt et de viol. J'ai senti un éclair dans mon cœur qui est parti à droite. J'ai encore mal.

La voix injecte du sexe dans tous ces mots. Pour moi, il y a une infinité de choses qui sont seulement ce qu'elles sont.

J'espère sortir de ce cauchemar bientôt. DIEU, vraiment, je ne le supporte plus. Coupez, coupez d'avec le passé comme me l'a suggéré mon guide spirituel.

La voix imagine que ma tête explose. Je ne peux pas me déconnecter.

J'entends la voix depuis 3 ans. Elle m'a même proposé une fois de trinquer et de boire de l'alcool ensemble alors qu'elle savait que je prenais des médicaments, et en forte dose. Encore, elle a voulu me tuer.

Un jour, il m'a demandé si j'étais prête pour le rencontrer. Nous nous sommes rencontrés dans le bureau de René. Il m'a dit qu'il avait beaucoup travaillé pour se sortir de la merde mais en vérité qu'il reste très malade : sa manière d'aimer est malsaine.

Heureusement que j'ai pu le découvrir à temps.

Lui en France et moi au Mexique. C'est un coureur de jupons accros au sexe.

Une fois, chez le psy, une femme s'est jetée à mes pieds et m'a supplié de sauver le monde et le diable.

La voix s'est confessée à sa manière. Et cela me fait horreur.

Aujourd'hui, le prêtre est venu et je lui ai demandé un autre exorcisme. Il m'a donné une adresse à laquelle je dois me rendre. Nous avons aussi lu la bible.

14/05/05.

Pour la première fois de ma vie, je n'ai pas envie de faire l'amour. Peut-être suis-je en train de devenir religieuse ? Ou, peut-être est-ce seulement passager ?

Comme la vie est étrange. Je sais que je suis un peu différente, ou beaucoup, mais cela ne me rend pas moins capable de travailler, ou de vivre seule, ou de côtoyer des gens.

Aujourd'hui, tu m'as offert une fleur sur les nuages.

Maintenant, je veux être attentive aux sentiments, je veux faire la révolution du cœur, oui, la révolution se fait avec des baisers.

La voix m'a répété des millions de fois que je n'étais pas schizophrène, que je l'entendais pour une raison inconnue, qu'elle me prouverait qu'elle existe. Que nous trouverions une solution pour nous déconnecter. Et elle est apparue de nouveau. Elle a disparu pendant quelques mois, et je l'entends à nouveau. Elle ne veut pas s'en aller.

Face à la cathédrale, parce qu'elle sait que pour moi tu es sacré, elle m'a souvent demandé de lui jurer de l'attendre.

16/5/05

Aujourd'hui, je suis allée voir mon guide spirituel. La télépathie est naturelle. C'est un don que nous avons, je me sens plus tranquille.

Je ne pourrai peut-être jamais guérir. J'ai peut-être besoin de rechuter pour me guérir définitivement. Mon ex-mari m'a dit que ma recherche pour être saine est maladive.

MERCI DIEU, dans le ciel, il n'y a pas de nuage. Il est dégagé.

21 mai 2005

DIEU, à Cacouna, je t'ai rendu mes armes, de paroles et de symboles. Comme me l'a dit le Père Emile, tu vas finir par donner ta vie.

Merci Dieu, pour m'avoir donné tout ce temps des interlocuteurs physiques, les pères de ton église. Je suis aveugle. Finalement, ce sont des sujets qui te concernent. Quel meilleur interlocuteur qu'un prêtre.

Une fois, j'ai rêvé que François venait à Mexico, et que nous nous baignions couchés dos-à-dos. Je me soucie de ce que François est en train de faire de l'autre côté de l'océan. Lui aussi, il injecte du sens aux choses depuis des années.

Le diable.

Avant je ne croyais pas en lui. Si à l'âge de 18 ans, tu m'avais dit un quart de ce que j'ai vécu, je ne t'aurais pas cru.

J'ai commencé à croire au diable en cet été fatidique de 1996. C'est comme si j'avais eu un tête-à-tête avec lui. Les gens se suicident parce que le diable vient leur rendre visite.

Que Dieu les bénisse.

J'ai de nouveau rendu visite à un exorciste, c'était un autre prêtre et il m'a dit que je n'avais rien et que la télépathie venait de l'univers. Comme la vie est étrange. Je me sens plus tranquille.

23/05/2005

Je suis allée à l'église. Il y avait une personne qui ressemblait à un vampire et à un malade mental.

25/5/2005

Hier, je suis allée voir mon confesseur. Il m'a dit que les yeux noirs de François n'avaient pas de pouvoir maléfique et que Dieu avait pris beaucoup soin de moi, beaucoup plus que de péquins qui venaient à l'église tous les jours.

Les suicides ne sont pas seulement dus à la visite du diable, il peut y avoir beaucoup de causes différentes.

J'ai écrit à François. Je crois que nous avons beaucoup de choses à nous dire. Lui, est bipolaire bien que je ne sache pas grand-chose de sa vie. Mais il y a 8 ans, j'ai senti que je mourrai d'amour pour lui et j'ai été interné à l'hôpital. Il m'a répondu en me disant qu'il avait plusieurs problèmes à régler et que nous verrions ensuite. Il y a peu de temps, il m'a invité à Londres, mais j'ai préféré rester à Mexico. Je ne veux plus m'évader dans l'amour.

30/5/2005

Je ne veux plus parler de ma télépathie, sauf à mon psychiatre. Ce que je ne comprends pas, la voix ne veut pas l'affronter.

Aujourd'hui, j'ai encore écrit à René pour qu'il m'excuse de ne pas avoir vu les conséquences de mes actes.

25/05/2005

J'ai parlé à Fabrice, il m'a dit que j'étais complètement folle.

A cette époque, je sortais avec Fabrice. On est restés ensembles quelques mois. Lui aussi avait beaucoup de problèmes à résoudre.

« Fabrice,

Je t'écris parce qu'au fur et à mesure que je reprends contact avec la réalité, j'ai honte et je me sens très mal avec toi et avec moi. Je te demande infiniment pardon pour ce que j'ai fait et dit quand j'étais malade. »

Cela fait presqu'un an que je suis patraque. En décembre, j'ai rechuté plus ou moins et j'ai changé de psy car je ne me sentais pas bien traitée.

À mon retour de Cacouna, j'ai cru être guérie, je n'ai donc pas pris mes médicaments à temps. Je croyais aussi que la voix était la tienne et je voulais que tu sortes de ma tête.

Quand je suis malade, je perds le sens commun. En bonne santé, je n'aurai jamais agi ainsi.

Cacouna m'a permis de pardonner, me pardonner et de ne plus vouloir dénoncer cette histoire : pure colère !!!!

MERCI de m'avoir donné l'adresse.

Je regrette beaucoup les mauvais moments que je t'ai fait passer

Sincèrement.

Sabrina.

20 septembre.

Ça fait plusieurs mois que je prends du rispérdal à forte dose. Je n'entends plus la voix mais je suis déprimée.

Ma famille a été à mes côtés, me soutenant, m'aidant à aller de l'avant. Maintenant, je peux me rendre compte que j'étais très malade.

Toutes les folies que j'ai pu faire pendant ma rechute me dépriment. Mon psy me dit que ce n'était pas moi qui agissais ainsi, parce que je suis schizophrène.

C'est incroyable comment une maladie peut modifier la perception des choses. Maintenant, j'essaie de l'accepter et j'ai très envie de m'en sortir, d'aller de l'avant et de ne pas rechuter.

Rodrigue

Un matin, je lui ai écrit.

Coucou !

J'ai été de nouveau malade, j'ai entendu la voix pendant un an et je me sentais très mal.

Il m'a répondu qu'il viendrait à Mexico pendant les vacances de noël. Quelques semaines plus tard, il m'a invitée à Cancun et c'est ainsi que nous avons commencé à entretenir une relation sérieuse. Rodrigue est rentré en France et peu de temps après, il m'a invité le rejoindre. J'ai accepté en lui disant que je souhaitais attendre que mes cours se terminent. En mars 2006 Rodrigue est revenu à Mexico pour son travail. Durant son séjour, nous sommes restés à son hôtel. Le 16 juin de cette année, j'ai quitté le Mexique pour le rejoindre définitivement.

Je désirais attendre un peu avant de partir, j'étais faible encore et je voulais récupérer. Rodrigue m'a assuré que je serai bien en France et que lui aurait beaucoup de patience pour s'occuper de moi, qu'il m'aimait énormément. Son amour me guérirait. J'ai accepté.

Nous avons beaucoup de choses en commun. Nous sommes franco-mexicains de père français et de mère mexicaine. Nous allions au lycée ensemble, notre père était malade. Nos familles avaient la même position économique et souvent, on nous demandait si nous n'étions pas frère et sœur.

La différence est que lui ne se drogue pas, ne boit pas, ne fume pas. Quand je lui ai annoncé que j'étais accro, il m'a murmuré avec beaucoup de douceur qu'il était certain qu'une fois à Paris, je cesserais de me droguer.

Tout paraissait parfait, sauf qu'il venait d'acheter une maison avec sa mère.

LENT

Si tu veux un peu de moi,
Tu devras attendre.
Et cheminer à pas lent,
Très lent
Et petit à petit, oublier,
Le temps et sa rapidité
Ralentir le rythme, aller très lentement, plus lentement.
Etre délicat et attendre,
Donne-moi le temps pour te donner
Tout ce que j'ai.
Si tu veux un peu de moi
Prends patience et tu verras
Ce sera mieux que de courir
Lever le voile
Et peu à peu, oublier
Le temps et sa rapidité
Ralentir le rythme, aller très lentement,
Chaque fois plus lentement.
Etre délicat et attendre,
Donne-moi le temps pour te donner
Tout ce que j'ai...
Si tu me parles d'amour
Si tu adoucis ma vie
Je ne serai pas plus longtemps
Sans savoir que je sens
Etre délicat et espérer,
Prends le temps pour te donner
Tout ce que j'ai...
Julieta Venegas, SI

LE PARADIS

38 ans

Chère Caroline :,

Excuse ma réponse tardive, mais je voulais prendre mon temps pour te donner de mes nouvelles.

Ton message m'a fait beaucoup de bien. Merci pour tes livres et pour tout ce que tu m'as apporté et acheté ici en France.

Carlos, mon ancien mari, est à la librairie toute l'après-midi. Le matin, il va à l'école et certainement que lui, te fera des suggestions plus opportunes. En général, les plus vendus sont les meilleurs.

« Les quatre accords » Je l'ai déjà lu et Rodrigue possède déjà : « Intelligence émotionnelle ».

J'étais heureuse de t'entendre dire que je te semble tranquille et très bien à ses côtés.

Je crois que cela tient beaucoup au fait d'avoir résolu mon conflit intérieur et que, par conséquent, j'ai cessé de me droguer. Il y a des jours où je me sens bien et d'autres où mon moral est moindre. Mes projets de formation n'ont pas abouti et mon travail actuel est une arnaque, cela me touche horriblement. J'ai appris aussi par la secrétaire qu'ils ne l'avaient pas payé. Je m'étais fait beaucoup d'illusions.

Quant à la maladie, je me sens mieux avec des hauts et des bas qui me dépriment, mais en moyenne, le moral est bon.

Nous allons fêter, Rodrigue et moi, nos quatre ans de vie commune et nous allons bien. Avoir vécu à Coulommiers avec sa mère a été une expérience par moments difficile et cela m'a demandé beaucoup de travail pour le convaincre de déménager. Il y a eu beaucoup de discussions entre nous, en dernier recours, je lui ai posé un ultimatum. Je l'ai menacé : « Si tu veux continuer à vivre ta vie aux cotés de ta mère, c'est ton droit mais moi, je rentre au Mexique. Je suis ta femme, pas elle ; et de plus, tu as cinq frères qui peuvent la soutenir aussi. »

Sacré remède.

J'ai tout de même patienté. Nous aurions pu déménager rapidement. Aujourd'hui, nous parlons même de vendre la maison. Nous vivons serré en payant deux loyers. Il va proposer à Victor, son frère qui habite à Mexico, d'acheter sa part de la maison. Heureusement, lui ou sa sœur désirent investir. Ce serait la solution idéale, sinon, je ne sais pas ce que fera Olga de sa vie. Ce que je peux te dire, c'est que la tension va commencer à monter quand Rodrigue lui dira qu'il veut la vendre.

J'avais besoin d'un espace personnel et je l'ai dit à Olga, elle en a été très contrariée. Elle manigançait tous les jours pour faire machine arrière et elle était très agressive. Elle a même tenté de semer la discorde entre nous en racontant à Rodrigue que je ne l'aimais pas.

Passant à autre chose, je ne savais pas où ces deux années m'avaient conduite et en discutant ensuite avec Ana, je me suis rendue compte qu'elles m'avaient amenée à cesser de me droguer ce qui est le plus précieux. J'ai assez gâché ma vie pour continuer à suivre ce chemin. Maintenant, je ne veux plus fumer. Ana, te rappelles-tu, c'est ma belle-sœur. C'est la femme d'Antoine le frère ainé de Rodrigue.

Ce qui manque à ma vie, c'est l'aspect professionnel. Je voulais être danseuse et j'ai fait des études de lettres parce que j'étais sans but et ne savais que faire. Maintenant, avec le recul, j'aurais aimé étudier la photo ou les arts plastiques, quelque chose de créatif et d'artistique. Je ne veux plus être formatrice.

Quand je suis arrivée, une assistante sociale m'a orientée, au vu de mon parcours professionnel, vers un emploi plutôt littéraire. J'ai alors pensé que la possibilité de travailler dans une maison d'édition et de me former sur les logiciels nécessaires à la réalisation de livres était réaliste. Mais je n'ai pas passé le concours pour entrer à l'école. Je suis alors allée à l'université et j'ai fait une expérience dans une maison d'édition. Je me suis rendue-compte que je ne désirai pas travailler dans ce milieu. J'ai abandonné l'université car je suis une étudiante médiocre. Je l'ai toujours été, mon chemin n'est pas par là. Au moins, maintenant, je le sais.

Avant d'entrer à l'université, j'avais commencé à suivre un cours de secrétariat et pendant mon stage pratique, j'ai cru devenir chèvre, car je ne faisais que répondre au téléphone. Je ne le supportais pas. Quand j'ai demandé à avoir plus de responsabilités, on m'a fait saisir des renseignements sur l'ordinateur. Je n'ai pas supporté de recommencer en bas de l'échelle, ça a été plus fort que moi et j'ai arrêté.

J'ai choisi le secrétariat, car je ne vois pas quoi faire d'autre avec les études que j'ai. Puis ce n'est pas bien compliqué.

Actuellement, je recherche un travail de secrétaire, mais ce n'est pas vraiment ce que j'ai envie de faire. Je le fais car je veux être indépendant économiquement et dans cette branche il y a du travail.

Il y a beaucoup de choses que j'aimerais faire, mais malheureusement, il faut beaucoup d'argent et pour l'instant, nous n'en avons pas. Je désespère.

Je suis en colère contre Olga. Quel égoïsme ! Elle pourrait nous dire de faire notre vie et de vendre la maison. Il est normal pour elle que Rodrigue et moi vivions sans beaucoup d'argent pour qu'elle vive elle dans une maison avec jardin parce qu'elle ne veut pas vivre en appartement. Elle veut mener un train de vie qu'elle n'a plus et ce sont ses enfants qui doivent payer. Quel culot ?

Je comprends qu'elle soit habituée à une maison avec jardin, jardinier, bonne, école particulière pour ses enfants, et qu'elle ne veuille pas baisser son niveau de vie. Mais elle ne peut pas vivre aux dépens de ses enfants, elle doit s'adapter.

Hier, j'ai dit à Rodrigue que la solution serait, si Victor ne pouvait ou ne voulait pas investir dans cette maison, qu'elle s'achète un appartement avec son argent. Il m'a répondu que sa mère ne voulait pas vivre en appartement. Alors j'ai rétorqué que je ne voulais pas vivre dans un studio de 35 m2. Et ta mère ne peut pas vivre comme bon lui semble alors que nous, nous n'y arrivons pas. Il n'a rien ajouté.

Je veux terminer mon livre bien que je ne me sente pas toujours l'envie d'écrire. Je suis allée faire de la gravure à l'atelier et j'aimerais prendre des cours de peinture. J'ai aussi pensé faire du bénévolat dans une association comme secrétaire.

Pour l'instant, ce ne sont que des plans car je suis à Coulommiers à prendre soin du chat… Mais bon.

L'autre jour, j'ai raconté à ma mère comment j'ai cessé de me droguer, et laconiquement je lui ai dit :

« Rejeter la faute sur son entourage est une solution de facilité, regarde ce qui se passe en toi. Cherche au fond de toi. »

Nous avons bavardé un long moment et j'espère que cela aura été utile.

C'est très difficile d'arrêter de se droguer, de faire abstinence. Le chemin a été très rude, semé de pierres et de pièges.

Grâce à Rodrigue et aux gens qui m'aiment, j'ai pu en sortir. J'ai le sentiment de commencer à dessiner ma vie : Il y avait une tache, et avec le temps, cette tâche s'est métamorphosée en un cœur de fleur.

Petit à petit, avec beaucoup de patience. La patience, une vertu que je ne possédais pas et que j'ai appris à cultiver.

Dans l'immédiat, j'espère que tu sors de tes problèmes légaux, que tu as pris possession de ton appartement et que tu es heureuse.

Je t'aime.

Sabrina

Chère Caroline :

Ces derniers jours, j'ai imaginé Olga au centre d'une scène où je voyais qu'il lui arrivait de bonnes choses, je la pardonnais et je l'embrassais.

C'est curieux, quand je parle avec elle, ou qu'elle m'écrit un mail, je l'aime à nouveau et la colère me quitte. Je pense que c'est une question de temps et de patience.

J'ai cherché sur internet des ateliers de peinture, j'en ai trouvé deux. Un, près de Paris, et l'autre près de chez moi. Le premier dure 3 heures et demie, le second est gratuit et des cours de relaxation et de cuisine sont donnés en plus. Bien sûr, je me suis inscrite !

Je pense commencer quand Olga rentrera car aller de Coulommiers à Paris est pesant. Je vais en profiter pour terminer mon livre.

Mon amie Elizabeth m'a dit qu'elle me le traduirait. Elle le corrigera car parfois, je fais des fautes très légères, mais je les fais. Je l'ai rencontrée dans un atelier de chant à Coulommiers. Elle habite à côté.

Je me suis aussi portée volontaire dans une école comme secrétaire. Je commence la semaine prochaine. Je vais leur donner un jour et demi de mon temps.

Aujourd'hui, je suis allée à l'atelier de gravure. Hier, j'ai écrit.

Ce matin, j'ai fumé un joint. Je suis allée chercher la clé de l'atelier. Aude recevait son ex-compagnon qui s'est allumé un pétard. Je n'ai pas dit non. Je ne pouvais pas dire non. J'ai ressenti la différence : il y a douze ans et durant onze années de ma vie, je ne fumais que pour me fuir, celui-ci c'était par pur plaisir. J'aime ça, j'aime comment cela me fait sentir. Je me sens contente. À la fin, je sais ce que je veux et je me sens bien avec moi-même. La solitude ne me pèse pas, je fais allusion à savoir être seule avec moi-même.

L'autre jour, j'ai rêvé éveillée, j'avais mon atelier. Je peignais, je me sentais très heureuse.

Je veux apprendre. Même très vieille, je me vouerai à la peinture. Je veux aussi continuer la gravure une fois par semaine et dans les ateliers.

Je vais continuer à chercher du travail, j'en veux un à mi-temps pour continuer à créer. J'essaierai aussi d'aller une fois par semaine faire de la gravure ici à Coulommiers et je m'occuperai de la maison.

Je suis contente. Depuis mars de cette année où je suis allée au Mexique, je me sens ainsi.

Au jour d'aujourd'hui, je peux dire que je suis heureuse.

Je t'aime beaucoup.

Sabrina

PS :

Je viens de parler avec Ysana. C'est une amie que j'ai rencontré à Mexico lorsque je suis arrivée. On se connait bien et on se fréquentait avec régularité.

La dernière fois que je suis allée à Mexico, j'ai photographié son travail. Nous avons convenu que je puisse la représenter en France. Elle fait de la reproduction d'art préhispanique.

Aujourd'hui, elle me l'a confirmé, elle a déjà un client ici, je vais lui donner mes coordonnées.

Je vais vendre sa reproduction. Je veux aussi en profiter pour vendre les sacs. Ils sont comme ceux que ton amie m'a offerts.

Bien sûr, je vais aussi continuer de pratiquer les massages. Il y a deux semaines, je me suis fait de la publicité auprès de mes amis français. J'ai seulement eu une cliente qui m'a proposé un rendez-vous mais qui est partie en voyage.

Pour finir, j'ai trouvé mon travail.

Cela peut ne pas aboutir, mais si je ne le tente pas je ne saurai pas si ça fonctionne.

De toutes les façons, il vaut mieux être positive et penser que ça va marcher.

Chère Caroline

MERCI pour ta réponse !

Je suis effectivement accro à la drogue et je le serai le restant de ma vie. Je sais qu'à n'importe quel moment, je peux rechuter et recommencer à fumer depuis le matin jusqu'au soir.

Grâce à mon séjour à Cacouna, j'ai compris pourquoi je me droguais. J'ai compris que je le faisais parce que je me sentais coupable d'avoir avorté. Cette culpabilité m'a menée à l'autodestruction. Je me sentais si coupable que, en plus de fumer, je m'autodétruisais avec le papillomavirus. Oui, lorsque je suis allée chez le gynéco il s'est avéré que mon utérus était plein de petites taches blanches. C'est incroyable, lorsque je suis revenue de mon séjour dans ce cénacle où j'avais fait une régression jusqu'à la conception, toutes les tâches étaient parties. Le pardon avait opéré et j'étais guérie. Deux années plus tard, je suis retournée chez le gynécologue et j'étais toujours saine. J'ai aussi fait un examen pour détecter le virus et il s'est révélé négatif.

L'avortement est un acte complexe. Je me suis sentie coupable pendant longtemps, mais je suis en faveur de l'avortement. C'est un acte légal dans certains pays, mais c'est un acte qui restera toujours triste et difficile pour les femmes qui en ont eu l'usage. Pendant longtemps, j'ai pensé que cela ne m'avait pas affectée. Comme je me trompais !

Je suppose que mon éducation religieuse catholique y est pour beaucoup. C'est un meurtre pour l'Église. Cela est interdit.

Depuis que je suis toute petite, j'ai imaginé ma vie avec des enfants.

Le jour où je me suis retrouvée enceinte, je n'ai pas eu le courage d'avoir cet enfant seule. De me projeter pour lui et avec lui, d'être responsable de lui, de l'aimer. En quoi mon enfant était-il responsable du fait que je ne sois pas amoureuse de Florent? Ma vie aurait été si différente. Peut-être ne me serai-je pas droguée ? Même si le « serai » n'existe pas.

À Cacouna, j'ai donné le prénom de Clémentine à cet enfant dont j'ai avorté. Ce prénom m'est venu à l'esprit. Je ne saurais jamais si c'était un garçon ou une fille, mais je l'ai prénommé ainsi.

Ma conseillère spirituelle m'a dit que Clémentine serait toujours à mes côtés. Qu'elle était l'ange qui me garderait toute ma vie.

J'abandonne les joints, non pas parce que je ne les aime pas mais parce qu'ils me font du mal. Mais je ne vais pas te dire que je ne les aime pas. Je les adore tout comme la sensation qu'ils me procurent.

Quand je suis venue en France, je suis restée un an sans fumer. Ensuite, j'ai fumé occasionnellement, une fois par mois, je le faisais par pur plaisir. Je ne conçois pas ma vie entière sans un peu de drogue.

Tu vas dire que mon addiction est vache. Quand je fume, tout ce que je ressens est plus intense. Oui, je me sens heureuse, je me sens très heureuse, mais si je suis triste, je me sens pire.

Actuellement, je ne fume qu'occasionnellement car je sais que cela n'est pas bon et que je m'autodétruirais si je fumais continuellement.

Quelquefois, je pense que si je n'étais pas avec Rodrigue, je recommencerai à fumer et à accepter les risques que cela entraîne. En bref, je dois travailler encore sur mon addiction.

La cigarette aussi est nocive, très nocive. Mais son usage est accepté par la société, en dehors des lieux publics où c'est interdit.

Bien que tu saches que c'est nocif et que tu peux développer un cancer, tu continues quand même à fumer.

La cigarette est aussi mauvaise que la marijuana, l'alcool. Toutes les drogues sont nocives pour la santé.

Je change de sujet. Depuis quelques années, je cherche un emploi de secrétaire à mi-temps. Ainsi j'aurai la possibilité de m'occuper de la promotion d'Ysanna, ce qui m'enthousiasme.

Petit à petit, je trouve mon chemin professionnel. Déjà, je vais aider une école. J'irai une fois par semaine. La directrice va promouvoir mon CV. Heureusement quelque chose s'est passé.

Cette fin de semaine, Alexandre est venu dîner avec sa femme dans notre appartement parisien. Alexandre m'a dit qu'il aurait beaucoup aimé te rencontrer. Tu te souviens ? C'est notre ami d'enfance du lycée.

Ils nous ont félicités pour le dîner.

Nous avions préparé une entrée de brochettes de crevettes avec de l'ananas et du paprika. En plat principal, il y avait de la poitrine de poulet avec une sauce aux cacahuètes et chipotle et une salade de tomates. Pour finir, du fromage d'Auvergne et des chocolats.

C'était délicieux.

Maintenant, nous voulons inviter notre cousin et son épouse. Ils nous ont déjà invités deux fois à dîner et nous n'avons jamais rendu l'invitation puisque nous vivions chez Olga.

Une fois, la mère d'un compagnon de l'université autonome de Mexico m'avait dit que la vraie vie commençait à 35 ans. Je commence à croire qu'elle a raison.

Bon, je te laisse avec un bisou.

Sabrina.

Chère Bérénice,

Quand on m'appelle pour un quelconque travail, c'est pour me faire passer une sorte de première entrevue. En général, ils veulent avoir plus de détails sur mon expérience et ma motivation. Je dois être très rapide et, comme on dit ici, réactive. Ça me rend très nerveuse et j'ai la trouille. En plus, avec les médicaments, je suis plus lente, mais bon, je suppose que je finirai par réussir. J'ai dû aussi faire des lettres de motivation et des curriculums. Au commencement, je ne mentionnais pas mes compétences, mais petit à petit je suis devenue une vraie professionnelle du CV.

Depuis juillet, j'ai cherché intensément du travail. J'ai eu 5 entretiens, mais je n'ai pas été retenue. Je suppose que le fait de ne pas avoir d'expérience en France y est pour beaucoup. Je crois aussi que mon curriculum inventé est intéressant et que maintenant que je vis à Paris les employeurs vont me donner un entretien de travail.

Au début de septembre et d'octobre, j'ai participé à deux expositions pour une dame qui vend des écharpes et des objets de luxe. Tout était tissé à la main. Le travail manuel est impressionnant. Les créations étaient très jolies. Pendant 8 jours, j'ai vendu ces accessoires. Cela a été amusant bien qu'un peu fatigant car je travaillais de 9 h à 7 h du soir, en continu, avec bien sûr une petite pause pour le repas. Et au moins c'était très bien payé.

J'ai obtenu ce travail grâce à une amie qui travaillait avec cette dame.

Passons à autre chose. J'aime la photo et Rodrigue m'a offert pour mon anniversaire un appareil numérique. Je l'utilise le plus souvent possible. J'ai aussi réalisé des gravures, pas autant que je le voudrais. Mais maintenant, j'essaie d'aller régulièrement à l'atelier, au moins une fois par semaine. Je n'ai pas beaucoup de technique, je le fais de manière intuitive. Je n'ai pas encore trouvé mon style, mais je suppose que je finirai par le trouver.

J'ai participé à deux expositions, mais je n'ai rien vendu. Hier, j'ai eu un entretien avec une représentante d'association pour être bénévole en tant que secrétaire. J'aurai ainsi une première expérience de travail dans cette profession. En plus, je suppose que cela me fera me sentir utile et entreprenante.

La dame qui m'a répondu au téléphone m'a dit que le poste n'était pas exactement un poste de secrétaire mais qu'elle m'expliquerait lors de ma visite. J'ai un rendez-vous demain à 14 heures. Il me semble que je dois être présente deux après-midi par semaine.

Émotionnellement et spirituellement, j'ai beaucoup avancé. Cela a été un processus très lent. Mais ça y est, j'y arrive et je vais tout juste fêter mes 39 ans. Ce qui m'encourage c'est d'avoir du temps encore pour réaliser les choses. J'ai la sensation que la vie me donne une seconde opportunité pour corriger mon chemin.

J'ai conscience aujourd'hui que ces deux dernières années, je n'ai rien pu concrétiser de professionnel car je n'étais pas encore bien. Je me sentais sans force, déprimée, sans envie, sans m'intéresser à rien. Je ne me rendais pas encore compte que j'avais résolu mon sentiment de culpabilité et que je m'étais pardonnée, que j'avais franchi le plus difficile et que j'étais de l'autre côté du miroir.

Il n'est pas facile pour moi de surmonter mes angoisses sans le risperdal. J'ai peur que cela devienne une habitude, un bien-être qui se transformerait en dépendance.

Rodrigue m'a beaucoup aidée avec sa patience, son amour et son attention. Nous nous sommes retrouvés quand j'allais très mal et notre relation ne peut que s'améliorer. Car j'ai enfin fini par résoudre mes ennuis et je l'ai aidé à résoudre ses problèmes relationnels avec sa mère, une relation de dépendance économique et émotionnelle. Bien que Rodrigue ne partage pas cet avis et se sente offensé de ces pensées, j'ai essayé de prendre la place de sa mère. Cela peut te sembler fou, mais j'ai la certitude que cela fonctionne. J'ai pris sa place dans son inconscient. Mon psy m'a demandée si nous avions couché ensemble dans la chambre de sa mère quand je lui ai raconté que nous avions dormi là en prétextant que nous pouvions regarder France 5 et pas sur l'ordinateur.

Dans la salle de bain, j'ai bien séparé ses affaires de celles de sa mère. Chaque fois que je peux, je m'assois à la place d'Olga.

Au début, quand je suis arrivée, j'ai dit à Rodrigue que je voulais avoir mon espace, mon foyer, que je ne voulais pas vivre avec sa mère. Lui disait que c'était impossible et nous finissions par nous quereller. Pendant deux ans, j'ai remis ça sur le tapis tous les six mois, mais en vain. Il ne voulait pas se séparer de sa mère en m'expliquant qu'il n'y arriverait pas financièrement. Ça, s'était sa conviction. Mais moi j'étais persuadé que c'était plutôt son complexe d'Œdipe et sa co-dépendance qui l'empêchait d'agir.

Je me désole de ne pas avoir mis cet ultimatum auparavant. Je n'étais certainement pas prête.

Bien qu'Olga ne me disait pas toujours des choses agréables et que, inconsciemment, elle essayait de nous séparer pour garder son fils seulement pour elle, je l'aime bien, et je l'estime. En beaucoup d'occasions, elle m'a soutenue. Une amie dit qu'elle le faisait pour son fils mais pas pour moi. Mais bon, elle s'est quand même beaucoup occupée de moi. Moi, je n'y arrivais pas. Moi, je l'ai aidée aussi. Je l'ai beaucoup écoutée, je l'ai accompagnée quand elle était triste, déprimée, lorsqu'elle pleurait.

Quand je suis arrivée, il me semblait qu'ils vivaient comme mari et femme. Elle s'occupait de la maison, elle lavait le linge, elle repassait, elle préparait les repas, bavardais avec lui, le conseillait. De plus, ils avaient acheté la maison ensemble, tout comme un couple. Olga prétextait toujours qu'elle l'avait fait parce que c'était son fils et qu'elle faisait tout pour ses fils. Mais, Rodrigue n'était plus un enfant, ni un adolescent. C'était un homme accompli et droit.

Nous avons toujours eu envie d'avoir un enfant tous les 2. Le psychiatre a modifié mon traitement, je ne prenais plus de calmant pour stabiliser l'humeur et ma dose de risperdal a baissé d'un demi-milligramme. Le docteur ne veut pas que je prenne de médicaments pour éviter les risques de malformation.

Je risque de rechuter, mais je connais les symptômes, et il sera toujours temps de recourir aux médicaments. Je n'entends pas la voix, c'est un facteur décisif pour moi et notre désir de procréer. Si parfois elle se manifeste, je me raisonne et je réussis à la vaincre puisqu'elle disparaît. J'ai beaucoup travaillé sur moi en thérapie, le résultat est incontestable, elle a disparu.

Le pouvoir du mental et de l'inconscient est incroyable. Aujourd'hui sans aucun doute, je suis persuadée que la peur, le ressentiment, la colère et la culpabilité rendent malade. De cela un sage a dit : « Un esprit sain dans un corps sain ».

Bon, Bérénice, je te laisse car je dois me préparer pour aller chez le psy.

Je t'envoie un gros bisou,

Avec beaucoup d'affection.

Sabrina.

Chère Caroline,

Je crois que le projet de reproduction d'œuvres d'art préhispanique est abandonné par Ysana. Cela m'a rendue morose hier.

Il y a un mois et demi de cela, j'ai demandé à Ysana de m'envoyer par internet le poids des oeuvres, une petite historiographie de chacune avec leur nom, leur prix et je n'ai rien reçu. Je l'ai donc appelé pour connaître la raison de ce silence et elle m'a répondu qu'elle allait sortir mais qu'elle me rappelait aussi vite que possible. Toujours sans nouvelles, je l'ai rappelée pour Noël, elle n'avait pas eu le temps de se préoccuper de ma demande car elle était sur le départ, chez son frère. Je l'ai de nouveau appelée le 25, cela ne répondait pas. Finalement, j'ai appelé le 26 et elle m'a fait dire par Carla qu'elle était malade et qu'elle me souhaitait beaucoup de bonheur.

J'ai l'intuition qu'elle ne voulait pas me parler, elle sait pertinemment que sans les informations que je lui ai demandées, je ne peux pas avancer dans ce projet. Elle se sent peut-être harcelée et je me doute que si elle ne l'a pas fait, c'est parce qu'elle ne sait pas utiliser Word. Ce que je ne comprends pas c'est qu'elle me dit toujours qu'elle a beaucoup de travail.

C'est elle qui me l'a proposée suite à quoi je me suis bougée pour me donner les moyens de m'en occuper. J'ai cherché un travail à mi-temps comme secrétaire et l'école m'a proposé des cours pour avoir le temps nécessaire à la reproduction des œuvres !

Carla aussi se fait rare. Ça fait trois fois que je lui écris et qu'elle ne me répond pas. Ça ne m'étonne pas beaucoup, elle est froide et indifférente depuis de nombreuses années. Notre amitié a duré grâce à mes efforts persistants, c'est toujours moi qui l'appelle, qui vais la voir.

Ces amitiés sont-elles saines ? Ma réflexion conduit à me demander si elles ne me dominent pas ? Si je ne suis que la faible qui accepte tout ? D'une certaine manière elles me soumettent.

Ce type de relation est identique à celle que j'entretenais avec ma mère. Elle me contrôlait, me soumettait avec des coups, et moi, je me rebellais pour attirer l'attention, pour qu'elle me reconnaisse et m'aime.

J'ai énormément besoin de reconnaissance, et d'amour aussi. L'amour et la reconnaissance de ma mère.

Heureusement, je me suis forgée d'autres relations où il n'y a ni soumission ni contrôle.

En France je me suis fait deux bons amis : Frida et Georges, ce sont des relations équilibrées.

Frida c'est une mexicaine que j'ai rencontré à Paris. Elle est marié à un franco-mexicain. Ils ont une fille et cela ne fait pas longtemps qu'ils habitent à Paris. Georges, il est comme moi : schizophréne. Nous nous sommes rencontré grâce à l'association d'Art dont je suis membre.

Malgré l'analyse et la conscience que j'en ai, c'est douloureux. Je me sens rejetée comme je l'ai été de nombreuses fois avec elles et surtout avec ma mère.

Enfin.

Aujourd'hui, bien qu'en vacances, Rodrigue est allé travailler. Il rentre ce soir.

J'angoisse déjà pour ma rentrée des classes, je dois préparer mes séances et lire beaucoup. Je n'ai rien fait.

Hier, nous sommes retournés à Paris et nous allons être sans téléphone et sans accès à internet. Nous allons certainement passer le nouvel an chez les parents de Selva à Fontainebleau.

Mon souhait pour cette nouvelle année est d'arrêter de fumer et de ne plus toucher aux joints. J'ai déjà acheté des patches. J'ai lu un livre pour cesser de fumer. Je dois supprimer le café, le sucre et l'alcool. Je veux être saine, complètement saine.

À Coulommiers, je me suis reposée mais en vérité, je me la suis coulée douce. Je n'ai pas beaucoup aidé Olga à tenir la maison. Je ne supporte qu'Olga pense que parce que je suis une femme, je dois m'occuper de son fils, mettre la table et la débarrasser, laver la vaisselle... Pablo, son jumeau ne fait rien et Rodrigue aide un peu car je lui en ai parlé.

Olga est très conservatrice et pour finir ces paroles m'agacent. Je n'ai pas pu lui pardonner. Rodrigue n'a pas parlé avec ses frères ni avec sa mère. Je ne me sens pas à l'aise ici car je ne suis pas toujours aimable avec elle et ensuite cela me culpabilise.

Bon, je te laisse, je dois aller au supermarché et lire.

Je te souhaite de réussir tout ce que tu entreprendras. Je te souhaite une bonne santé et de l'amour.

Je t'aime.

Sabrina.

Paris, le 6 janvier 2009

Chère Caroline :,

La dernière fois que je t'ai écrit, j'étais très en colère contre Ysana et Carla. Maintenant, ma colère est tombée, mais je pense qu'il y a du vrai dans ce que je t'ai écrit.

Enfin.

Je les aime, je les aime beaucoup.

Hier, il a neigé toute la journée. Ça m'a rappelé Mathieu, cela l'aurait enchanté. Tu sais je garde de très bons souvenir de ton enfant et de nos voyages à Acapulco et Houston.

Aujourd'hui, il fait très froid. J'ai mis des bas, un pantalon de laine, une chemisette chaude, une chemise, un gilet, un sweater, un manteau, une écharpe, un bonnet et des gants et même avec tout cela sur le dos, je suis gelée. J'ai passé la journée à me protéger du froid. Je marche très peu et j'essaie de prendre l'autobus et le métro. En été, j'aime marcher.

Depuis jeudi, je ne fume plus, les patches de nicotine m'ont beaucoup aidée. En réalité, je n'en ai pas envie, et quand j'en ai, c'est de façon très légère. Je pensais que ce serait beaucoup plus difficile.

Maintenant, ce qui me manque c'est de continuer la gravure. Il y a eu un problème avec la clé de l'atelier l'année passée et depuis c'est le blocus.

Quand je voulais y aller, j'appelais Aude, une amie que j'ai rencontrée dans une association d'Art, et j'allais chercher la clé. Quand j'avais terminé, je lui rapportais chez elle. Je pensais qu'elle était une bonne amie. Elle s'est amourachée d'un homme beaucoup plus jeune qu'elle et elle est devenue jalouse. Chaque fois que j'appelais, elle ne répondait pas. J'en ai parlé avec une autre personne de l'association afin de régler le problème des clés. J'attends la réponse.

J'aimerais beaucoup avoir la clé en permanence. Ainsi, je serai libre d'aller à l'atelier comme bon me semble, même en fin de semaine. Je ne veux pas laisser tomber car ça me plait énormément.

Notre couple serait comblé si nous avions un enfant. Pourvu que nous puissions en concevoir un cette année. Pas question que ce soit impossible.

Je suis en train d'apprendre à cuisiner et cela me plait beaucoup. Je sais déjà faire divers petits plats et le plus important c'est que Rodrigue les aime car il est très pointilleux sur la nourriture.

J'espère que tu te portes bien. Merci beaucoup pour les livres, j'ai déjà commencé à lire l'un d'eux.

Comment ça a été à Acapulco ?

Bon, je te laisse car je dois aller au supermarché.

Reçois un gros bisou.

Sabrina.

PS : demain ce sont les soldes. Je veux m'acheter un manteau.

Chère Caroline :

Tes points de vue sont si différents des miens, je réalise alors qu'il y a mille manières de percevoir la réalité.

Dans ma dernière lettre, j'étais très en colère. Je suis impulsive et hyper sensible. N'importe quel petit accroc à ma volonté peut rompre mon équilibre et me bouleverser, comme prise dans une tempête qui me jette à terre.

To him… a touch is a blow

A sound is a noise,

A misfortune is a tragedy,

A joy is an ecstasy,

A friend a lover,

A lover is god,

And a failure is death.

Pearl S Buck

(1892-1973)

Coucou Caroline !

Figure-toi que, bien que pas toujours faciles, mes travaux avancent bien.

L'association de musicothérapie m'apprend beaucoup de choses. Je vais bientôt assister à un séminaire de sexotherapie par la musique et Mr Gilles va m'enseigner l'art des massages en musique. Il existe aussi des thérapies par la danse et le théâtre.

Tous ces thèmes me plaisent beaucoup. Mr Gilles, vice-président de l'association, il a 80 ans, m'a dit qu'il lui plairait que je travaille à temps plein ici, dans le futur. Il veut que je fasse partie de son équipe pour prendre en charge les massages.

Parfois mon travail à l'école m'exaspère. Par exemple, hier, je suis tombée sur un groupe d'enfants très difficiles. Le matin, la classe ne s'est pas trop mal déroulée mais l'après-midi, ce fût un désastre. Les élèves étaient blasés, pensant qu'ils savaient déjà tout, ils ne voyaient plus l'intérêt d'être en classe. Malgré mes explications pour donner un objectif à chaque activité, ils ne voulaient plus travailler. Ils étaient là pour signer la feuille de présence et toucher ainsi l'argent donné par le gouvernement !

L'après-midi, nous avons fait du théâtre. La consigne était qu'ils s'imaginent formant un groupe très très, mais très difficile et que l'un d'entre eux incarne le professeur. C'était un miroir que je leur offrais, pour qu'ils dissèquent leur comportement. Évidemment, je ne leur ai pas annoncé cela tel quel.

Le deuxième exercice était une improvisation théâtrale sur le thème de la drogue. Le suivant était dirigé, le fils se droguait et ne pouvait pas dormir. Et ensuite ils n'ont plus voulu travailler. La majorité des élèves est partie et je suis restée seulement avec trois d'entre eux.

Avant-hier, je suis tombée sur un autre groupe très agressif, deux gamins se sont querellés en se tapant dessus. J'ai dû crier plus fort qu'eux pour leur dire de sortir. Ils ont fini par se taire et je les ai emmenés à la cité des métiers de La Villette faire des recherches sur les métiers qu'ils voulaient exercer. Cela a été quand même profitable.

Il y avait aussi une jeune fille qui ne s'intégrait pas au groupe. Elle avait peur de monter dans le métro et dans le RER car, quand elle avait 16 ans, elle avait assisté au suicide d'un jeune. Depuis ce jour, elle ne prend que le bus. Elle a un fiancé et ne se protège pas car ils veulent avoir un enfant alors qu'aucun des deux ne possède de travail. Quand je lui ai demandé : « De quoi allez-vous vivre ? », elle m'a répondu, « Le gouvernement va nous aider ». Sa mère est alcoolique et elle n'a pas vu son père depuis longtemps. Ouf ! Une vie terrible.

Ils sont jeunes et leur vie est déjà très dure, d'où leur comportement.

La semaine passée, j'ai rencontré un jeune Malien qui voulait brûler la moitié du monde. Il dit vouloir tuer Sarkozy et devenir terroriste. Brrrr ... !

Il y a beaucoup d'enfants d'immigrés nés en France. Ils se sentent mal traités, exclus, et assurent qu'il y a beaucoup de racisme. Pour tout cela, ils détestent la France. Ils ne veulent pas non plus rentrer dans leur pays d'origine. Pour ceux qui y sont retournés, cela ne leur plait pas car ce sont des pays très pauvres.

Je suis distante d'eux, je n'ai aucun lien affectif. Mais cela n'a rien à voir avec mes classes de l'UNAM ou dans le TEC de Monterrey. Hier, je suis définitivement sortie de cette école assez dégoûtée et hors de moi.

La coordinatrice m'a dit que je pouvais faire plus d'heures si je voulais et même faire carrière dans ce métier. Maintenant, je fais 14 heures par semaine et je ne veux pas plus de classes, c'est usant. Ah ! Si M. Gilles pouvait m'offrir un temps complet, je serais heureuse d'accepter. Ce n'est malheureusement pas encore le cas.

Bon, mes travails vont ainsi.

Ma mère m'a dit que tu veux faire des démarches pour ton divorce au consulat. Ils t'ont expliqué ce qu'il y avait à faire, ce n'est pas compliqué. Tu dois juste traduire ton acte de divorce et l'envoyer à Nantes.

Bon, je t'envoie un bisou.

Sabrina.

Chère Caroline :

Je pense que le projet de représenter des artistes mexicains en France ne se fera pas.

Pour les sacs, ils ne m'ont pas répondu et les plasticiens ne me donnent jamais les bonnes informations. Mon conseiller me dit que je dois me rendre à Mexico pour les rencontrer et obtenir ainsi toutes les informations. Cependant, je préfère de beaucoup peindre à l'huile que perdre mon temps à écrire des courriers de demandes pour si peu de résultats.

J'ai commencé à peindre. Le premier tableau est abstrait, je l'ai déjà terminé. Et le second est en cours de création et il est figuratif. Je me suis inspirée d'une photo que j'ai prise à Mexico, d'un graffiti : une vierge.

Cette semaine, j'ai eu beaucoup de travail. La semaine passée fût moins chargée et j'ai pu assister à une thérapie par l'art. Ça m'a beaucoup plu.

J'ai commencé par faire trois dessins. Ensuite j'ai écrit sur une feuille divers mots qui me sont venus à l'esprit à ce moment-là, un peu comme en écriture automatique. Ensuite, sur un autre papier, j'ai noté les bruits variés que j'entendais. J'ai été surprise par leur nombre.

J'ai souligné le mot qui me convenait le mieux, CONFUSION et deux bruits. Je les ai dessinés en lettres sur une feuille. En fin d'exercice, j'ai fait tourner la feuille de haut en bas. Le mot CONFUSION semblait disparaître. J'ai peint sur la même feuille. Quand j'ai eu fini, j'avais peint la clarté, l'antinomie de la confusion. J'ai fait une synthèse de mon parcours pictural.

Quand la session s'est achevée, j'avais les idées claires : je devais écrire aux frères de Rodrigue, avec son autorisation bien sûr.

J'étais soucieuse car la responsabilité de la solitude d'Olga qui m'incombait me pesait. Et d'autre part, je me sentais coupable si je n'y allais pas. Trois mois étaient déjà passés et Rodrigue n'avait parlé ni à sa mère ni à ses frères de son désir de vendre la maison. Un jour, tu m'as conseillé de ne pas lui mettre de pression. Mais je connais Rodrigue, et je sais que les années peuvent passer avant qu'il n'agisse. Le lundi soir, nous nous sommes disputés et le mardi, nous sommes allés dîner dehors après ma thérapie.

Il était d'avis pour que j'écrive à chacun une lettre.

Je les ai donc écrites et tous m'ont répondu. Je te les joins. Le seul fait de les rédiger m'a tendue. Ça, ajouté au travail et à mon sevrage de nicotine ! J'ai eu l'impression de redevenir paranoïaque et j'ai dû reprendre des médicaments. Heureusement, je n'ai pas entendu la voix !

Coucou !

Je vous écris cette lettre pour vous exposer notre situation et vous demander votre aide afin que nous trouvions ensemble une solution qui nous donnerait satisfaction à tous : Rodrigue, Pablo, Véra, Victor, Antoine, Olga et moi, en tant que femme de Rodrigue.

Je me permets de vous écrire car personne ne dit rien et pour Rodrigue et moi, cette situation devient difficile à vivre.

Ça fait des années que Rodrigue s'occupe de sa maman. Pour moi, Ça ne me parait pas juste d'être toujours ceux qui doivent emmener Olga à l'hôpital, à Paris ou à l'aéroport, ceux qui tous les dimanches lui rendent visite.

Ça ne me parait pas juste qu'Olga nous appelle chaque semaine pour nous demander si nous venons et qu'elle ait de la peine si nous lui répondons que non ou si nous ne voulons pas rester dormir.

Ça ne me parait pas juste non plus qu'Olga me confie sa déprime, ses pleurs... Elle nous a dit une fois, à Rodrigue et moi, que personne ne l'appelait, qu'elle pourrait mourir et rester ainsi pendant une semaine sans que personne ne s'en inquiète. Qu'il faudrait que nous nous parlions tous les deux jours. À mes yeux, cela peut paraître être du chantage, mais j'ai de l'empathie pour elle, elle a raison.

Sa maman est seule et déprimée.

Si Rodrigue était son fils unique, je comprendrais que nous ne pourrions pas faire autrement.

Mais elle a cinq enfants et il est le seul à s'occuper de sa mère. C'est Rodrigue et, par la force des choses c'est aussi moi, sa femme.

Je ne pense pas que la solution soit de cesser de lui répondre au téléphone ou de cesser d'aller à Coulommiers. Il me semble que si nous étions tous plus présents dans la vie de votre mère, cela allégerait notre responsabilité, responsabilité acquise sans le vouloir et qui devient chaque jour plus pesante, surtout depuis notre déménagement à Paris.

Rodrigue et moi, voulons vivre notre vie comme vous tous l'avez fait au long de ces années.

Un autre problème à résoudre ensemble : la maison.

Rodrigue voudrait vendre la maison mais cela l'angoisse trop de ne pas savoir où vivrait sa mère.

Il ne lui est pas du tout facile de parler de cela avec vous ou avec elle. Olga ne lui facilite pas la tache, elle est possessive envers lui.

Si Rodrigue gagnait plus, nous n'aurions pas de regret à continuer de verser cette rente pour qu'elle ait un endroit où vivre, mais malheureusement, ce n'est pas le cas.

Moralement et économiquement, cela nous pèse lourdement. Nous vivons chichement. De plus, nous aimerions acheter un appartement et cesser de verser ce loyer par mois, argent qui part.

Tant que Rodrigue aura ce prêt à rembourser, aucune banque ne lui en consentira un autre.

Si la maison de Coulommiers est vendue, où irait vivre Olga ? Elle ne pourra pas acheter un appartement en Île-de-France. Pourrions-nous, tous, l'aider à en acheter un ?

Dans le meilleur des cas, elle pourrait en acheter un en province, mais dans ce cas, elle serait totalement isolée de nous.

Si elle rentrait à Mexico, elle cesserait de jouir de la sécurité médicale qu'elle a ici.

Si elle allait à Puerto-Rico, ça te plairait, Véra ?

Il me semble que la situation de votre mère est très délicate. En conséquence, celle de Rodrigue, de toute la famille, et la mienne aussi en tant que femme de Rodrigue.

Toutes ces questions, Rodrigue et moi nous nous les posons et cela nous préoccupe, surtout Rodrigue.

Il faudrait que tous ses enfants trouvent une solution et voient de quelle manière ils sont présents dans la vie de leur mère pour qu'elle ne se sente pas si seule. Nous devons porter ensemble la responsabilité de sa solitude et de son logement.

Ses fils représentent toute sa vie. Elle vivait et vit encore pour eux. Je peux le dire, car j'ai vécu avec elle pendant deux ans.

En espérant ne pas vous avoir offensé d'une quelconque manière, je vous quitte.

Sabrina.

Merci Antoine pour ta réponse.

Tu as totalement raison quant au fait que Rodrigue doit résoudre le problème de sa mère, cependant, il me semble que le devenir d'Olga concerne tous ses enfants.

D'autre part, Véra m'a dit une fois qu'avant la venue d'Olga en France, tous les enfants s'étaient réunis pour se mettre d'accord.

Enfin, quel bonne chose que tu ne te sentes pas offensé,

Bisou,

Sabrina.

Merci Antoine !

Souvent, on a besoin d'un avis extérieur pour comprendre le problème et trouver la solution.

Merci de ton appui et de me considérer comme faisant partie de ta famille.

Je me sens soulagée et je dois apprendre à ne pas me laisser affecter autant. Je suis très sensible et les dernières fois où je suis allée à Coulommiers, je n'y suis pas allée de bon cœur mais par obligation morale ce que d'une certaine manière je regrette. Ta mère a ses défauts, mais je l'aime. De plus, c'est la mère de Rodrigue.

Pour moi, tout ce temps n'a pas été facile. J'ai accepté que Rodrigue vive avec sa mère et je sais que les choses prennent du temps. Mais je suis en train d'atteindre mes limites.

J'ai exposé ce que ma conscience, mon ressenti et ma vision des choses m'ont dicté. J'espère que la situation va se dénouer pour nous 3 et qu'enfin Olga comprenne que Rodrigue doit faire sa vie comme elle a fait la sienne en son temps.

Reçois un très gros bisou.

Sabrina.

Cher Pablo,

Merci d'avoir pris le temps de me répondre et de l'avoir fait aussi franchement. Je vais essayer de faire de même.

Sans offense, je crois que ta mère me manipule quelquefois et moi j'ai le cœur tendre. Avant qu'elle aille à Porto-Rico, Rodrigue et moi y allions tous les dimanches, et moi j'y allais les mercredis après mon rendez-vous chez le psy.

J'allais à pied de la gare à la consultation et ensuite j'allais chez ta mère pour manger ensemble. J'aurai pu rentrer chez moi après mon rendez-vous, mais je le faisais pour que ta mère ne se sente pas si seule. Et je culpabilisais moins de notre départ.

Depuis qu'elle est rentrée de Porto-Rico, nous n'y sommes pas allés tous les dimanches et ta mère, chaque semaine m'appelle pour savoir quand nous allons venir. Je sais que je pourrais lui dire non, mais je sais qu'elle aurait de la peine, ce que je le vis mal. Je me sens aussi coupable.

Avec mon psy, nous avons travaillé sur la culpabilité, et nous avons découvert que ta mère me l'avait inculquée en me répétant qu'elle se sentait déprimée, qu'elle était seule, que son fils la délaissait, que je l'avais connue en vivant avec lui, que nous devrions vivre ensemble tous les trois. Je ne vais pas te dresser la liste complète.

Je m'en doutais, et le fait que tu me dises que tu manges avec elle une fois par mois et qu'elle communique régulièrement avec Véra, je confirme que c'est du chantage. Olga raconte ce qu'elle veut.

Je veux bien croire qu'elle le fait inconsciemment.

La semaine dernière elle m'a demandé trois jours de suite si nous allions venir. Quand je l'ai vue, elle m'a dit qu'elle était déprimée. Cela fait des années qu'elle est déprimée. Pendant une certaine période, elle a pris des antidépresseurs.

Je lui ai conseillé de se mettre à peindre, ou de trouver une activité qui lui plaise. À ce sujet, nous partageons le même avis, il lui manque une raison de vivre, autre que sa famille.

Je crois que je vais faire un break et que je vais cesser d'aller à Coulommiers pendant un moment. Quand j'y retournerai, ce sera parce que j'en aurai envie et que cela me fera plaisir. Finalement, ce n'est pas ma mère, c'est celle de Rodrigue. Si lui veut y aller, d'accord, mais en général, si je n'y vais pas, il n'y va pas.

Chaque fois qu'elle m'appellera, je lui dirais d'appeler Rodrigue, c'est lui qui entendra ses remontrances.

Je dois apprendre à la canaliser et à prendre des pastilles de patience.

Quant à la maison, tu as entièrement raison. Rodrigue préfère une maison, le problème c'est qu'il ne pourra pas en acheter une et malheureusement, cette maison est aussi celle de ta mère, et je ne veux pas vivre avec elle. Je veux être seule avec Rodrigue. Pour moi, cela a été très difficile de prendre le petit-déjeuner, le déjeuner, le diner à trois ; de faire l'amour sans bruit, de passer les fins de semaine à trois, aller au cinéma à trois et même de partir en vacances à trois. Tout ce temps, j'ai eu très peu d'intimité avec ton frère et ta mère mettait toujours son grain de sel dans nos discussions et allait jusqu'à se permettre de prendre parti.

Pendant ces deux années, j'ai entendu ta mère me dire que si ça ne me plaisait pas je pouvais rentrer, que mon billet était un aller-retour. Elle m'a dit aussi plusieurs fois que cette maison était la sienne et que j'étais une invitée. Je ne me suis jamais sentie chez moi, ni chez Rodrigue.

Pendant que nous y vivions, nous considérions la maison comme un investissement, mais dès que nous avons cessé d'y vivre, elle a cessé d'en être un et le jour où Olga va mourir, la quatrième part sera en héritage. Elle ne sera jamais la maison de Rodrigue.

Je vivrai sans problème à Coulommiers, mais pas avec ta mère. Je l'aime, mais pas autant que ça, jiji.

Bisou.

Sabrina.

Encore une fois M E R C I ! Victor !

Tu m'as ensoleillé la journée.

Le problème est réglé.

Bisou.

Sabrina.

Olga,

Merci de ta réponse.

Ma thérapie m'aide beaucoup. Ça fait douze années que je suis une thérapie et grâce à elle, je fais des progrès dans mes relations humaines. Mon psy de maintenant n'est pas freudien, et mon thérapeute de Mexico était junguien.

Grâce à ma thérapie, j'ai appris à me questionner et à apprendre de mes erreurs. Parce que je ne suis pas parfaite et je commets des erreurs comme toi. Olga, tu n'es pas parfaite, toi aussi tu fais des erreurs.

Depuis que je suis allée à Mexico en mars et depuis mon déménagement, je suis très heureuse. Je suis contente de mes travails. Effectivement, je ne vais pas travailler comme secrétaire toute ma vie dans cette association. Non. En ce moment, je suis en train d'apprendre la musicothérapie et la thérapie par l'art. Mais le jour où je n'apprendrai plus rien dans ce domaine, je tenterai autre chose.

Olga ! Tu nous as dit qu'il fallait que nous nous parlions plus régulièrement car tu peux mourir et rester sans vie une semaine entière. C'est du chantage et tu ne me convaincras pas du contraire, surtout que tu as aussi des conversations avec ta fille et avec Pablo. Je ne pense pas te haïr ou bien comme tu le dis, je ne t'imagine pas « poubelle ». Tu n'es pas parfaite. Le fait de te le dire, c'est pour moi communiquer et mettre des limites. Ça me paraît aussi sain.

Je crois tout de même que nous nous entendons bien et je pense ne pas faire trop d'effort pour te supporter.

J'apprécie de passer du temps avec toi. Ça me plait et je t'aime.

Au début non, je ne me sentais pas à l'aise en France, pas parce que ça ne me plaisait pas, mais parce que je voulais vivre seule avec Rodrigue. De plus, j'étais déprimée et je suis une citadine. Au début, je voulais rester plus longtemps à Mexico et Rodrigue m'a encouragée pour que je vienne dès le mois de juin. Il me semblait préférable, à moi, de me récupérer d'abord, puis d'affronter le monde après.

Je ne pense pas que tu veuilles nous piéger, mais je pense que tu nous manipules.

Je crois effectivement que Rodrigue remplace son père et qu'il te restitue la maison que tu as perdue à Satélite et que tu regrettes douloureusement. De mon point de vue, cela n'est pas sain.

Quand nous sommes partis de Coulommiers pour Paris, nous ne sommes pas partis si tranquillement. Il y avait eu des semaines très tendues. Tu avais formulé des choses si énormes. Je pense que cela t'a été très difficile et c'est pour cela que tu as réagi ainsi.

Ma famille ne t'a jamais mal jugé, ni toi, ni ta famille. Je ne comprends pas pourquoi tu le prétends.

Malgré ce que tu crois, je te connais assez bien, et je connais aussi Pablo, Antoine et Rodrigue.

Je ne te juge pas comme une ennemie. Je te donne le fond de mes pensées et je t'indique mes limites. Olga, tu n'acceptes pas les critiques, pas plus que tu ne te questionnes. Toi, oui, tu te permets de dire ce que tu penses, tu te permets critiquer.

Je n'ai trouvé que ce moyen, t'écrire pour que tu l'entendes. C'est nécessaire.

Tu es d'accord avec moi quand je te dis que personne n'est bon, totalement bon. Parfois on blesse exprès, d'autre fois, sans le vouloir.

Tu m'as blessée en plusieurs occasions, et cela me paraît sain de te le dire et il n'y a pas de problème. Tu es humaine, pas Dieu.

Je t'envoie un gros bisou.

Sabrina.

Chère Caroline :

Je vais répondre calmement à ta question. Je veux aller avec Rodrigue à Mexico pour qu'il change son idée négative sur le pays. Je veux qu'il discute avec les gens qui vivent là-bas, pas pour le convaincre de rentrer mais parce que c'est son pays natal et qu'il y a beaucoup de jolies choses, comme en France.

J'aimerais revenir au Mexique tous les deux ans et même plus si je pouvais, chaque année ce serait génial. Je voudrais qu'il m'accompagne et qu'il en profite comme moi.

Pour le moment, je suis très contente en France. J'ai du travail, des amis qui ne se droguent pas, J'ai obtenu un 20 sur 20 pour la guérison de la maladie et le meilleur est à venir.

Victor a écrit à Rodrigue et lui a proposé de racheter son prêt. Maintenant, nous allons pouvoir nous acheter un endroit pour vivre plus à l'aise. Il pense le faire dans six mois.

Ce qui me pèse le plus en vivant en France, c'est d'être séparée de la famille. Bien que de loin, il soit plus facile de supporter l'alcoolisme de maman.

D'autre part, je suis très satisfaite de ma nouvelle thérapeute. J'ai travaillé sur des sujets que je n'avais jamais abordés en douze ans de thérapie. Elle me donne à chaque séance son interprétation au lieu de se taire et me laisser comprendre seule la situation comme le faisait mon psychanalyste à Coulommiers, des années auraient pu passer ainsi.

Ces dernières semaines, j'ai compris pourquoi, probablement, ma mère me tapait. C'est une hypothèse, mais elle peut être juste. J'ai compris aussi que ma paranoïa venait de ses coups. Elle me cognait sans arrêt parce qu'elle était en colère contre elle, moi j'étais son reflet.

J'ai raconté à la psy ce que ma mère m'a révélé la dernière fois que je suis allée à Mexico. Elle m'a dit qu'un homme, probablement marionnettiste car il avait toujours des poupées, la masturbait. Moi petite je lui rappelais ce moment, inconsciemment.

D'après ma psy, les gens qui ont été violés ou qui ont subi des attouchements se sentent coupables. Ma mère, au souvenir de ce moment et en se sentant coupable, me tapait parce qu'en réalité, elle voulait se cogner, se punir et c'était sa voie de délivrance.

Cette hypothèse est très importante pour moi car j'ai été très affectée par ses coups, au point de penser, quand je rechutais, qu'elle n'était pas ma mère car je ne comprenais pas pourquoi elle m'a frappé comme elle l'a fait. Je me disais qu'il devait y avoir un truc.

Les poupées qu'elle collectionne sont très symboliques, ce sont les poupées du marionnettiste qu'elle préfère évidemment à l'homme qui la masturbait. Il serait préférable de les offrir et de se décharger de ce moment qui fut si douloureux pour elle.

Ou peut-être ces poupées lui rappellent ce moment de plaisir.

Son comportement est inconscient, ma mère ne me frappait pas avec la conscience de ce que je te raconte là, elle n'a pas non plus conscience du symbolisme des poupées.

J'essaie de la convaincre de commencer une thérapie, mais jusque-là, je n'ai pas réussi. J'ai déjà parlé de cela avec elle et je ne sais pas si elle a compris. Je remettrai bientôt cela sur le tapis car j'aimerais qu'elle se débarrasse de ces poupées, ça lui ferait du bien, elle se sentirait plus légère.

Sais-tu ce que j'ai lu dans un livre ? Il ne faut jamais garder les objets dont on ne se sert pas, ce sont des pompes à énergie. Il ne faut pas non plus garder des choses inusitées, pensant qu'elles seraient utiles plus tard. Il y a quatre ans sur un coup de tête, j'ai offert toutes mes affaires afin de me défaire de mon passé. Recommencer à zéro dans un autre pays, avec d'autres gens. Et cela a fonctionné, quatre mois plus tard j'ai rencontré Rodrigue qui m'a proposé de venir en France. J'ai puisé mon énergie profondément.

J'ai seulement gardé les choses que tu m'avais offertes et qui ne me rappelaient rien de mauvais, de triste ou de difficile.

J'ai une excellente nouvelle :

Mon psy a fait des recherches, et je peux être enceinte avec 3 mg de risperal. Il n'y a aucun problème ! Rodrigue et moi sommes heureux. Du coup, nous sommes en train d'essayer. J'ai rendez-vous avec un gynécologue que Selva m'a recommandée et mon docteur m'a envoyé faire une analyse de sang pour s'assurer que je suis en bonne santé.

La dernière fois que nous avons travaillée chez le psy au sujet de ma mère, je me suis sentie vide d'énergie. Je voudrais l'aider, mais elle vit dans la négation. Sa vie a été dure, surtout son enfance et les dernières années avec mon père. Cela ne la disculpe pas mais ce que je croie, c'est que c'était inconscient ou qu'elle est inconsciente.

Pour finir, je te laisse car je vais bientôt sortir.

Je t'envoie un gros bisou.

Sabrina.

Chère Caroline :

Je réfléchissais à ce que tu m'as dit au sujet de ma grossesse. Avant tout, je fais confiance à Dieu. Lui saura y faire. De toutes manières, je me sens prête. Je pense avoir réglé la majeure partie de mes problèmes, je fume des pétards de plus en plus rarement. Je suis en train de cesser de fumer. Et bon, à ce que je sache, je n'ai pas d'autres vices. Si je ne prends pas garde, je peux devenir alcoolique comme maman et le grand-père. Avec Rodrigue, je vais bien. Nous sommes indépendants : nous ne vivons plus avec Olga. J'ai un travail. Je suis plus que prête, et le temps est bien passé, je vais avoir 39 ans dans un mois.

Tu me demandes si Rodrigue participe aux travaux ménagers. Oui, il m'aide à la maison depuis que je travaille. Un soir il a même tout fait ce qu'il y avait à faire et moi je suis allée au ciné avec Selva voir « Two lovers »

Ce film m'a emballé, en particulier une scène très poétique.

C'est l'histoire d'un garçon bipolaire qui tombe amoureux d'une fille qui finalement le laisse tomber. Il sort alors avec une autre fille qui lui offre des gants car c'est l'hiver.

Une nuit, notre héros est désespéré car la fille dont il était amoureux l'a laissé tomber pour retourner avec son ex. Au bord de la crise, il va à la plage tristement. Moi, pendant un moment, j'aurai juré et rejuré qu'il allait se suicider car le film commençait avec cette scène. Notre personnage se jette à la mer. C'est un suicidaire.

Mais à un moment qui semble se figer, un gant tombe. En le voyant tomber, ça c'est le moment qui m'a enchanté, il fait demi-tour et rentre chez lui où se déroule une fête et retrouve cette autre jeune fille. Il la demande en mariage.

La scène du gant m'a plu énormément, c'est une métaphore, comme si la jeune fille lui avait tendu la main pour qu'il ne se suicide pas. Elle s'offre à lui.

Après cette petite digression, figure-toi que lundi, j'étais dans le potage : j'ai été très perturbée.

Mardi et mercredi, je devais remplacer un prof, il ne m'a pas appelé comme convenu, il devait me renseigner sur les élèves et faire un point sur le programme afin que je puisse préparer mes cours. La tension a commencé à monter sans arrêt, jusqu'à ce que, clairement, je sois très mal. Mais je ne savais pas pourquoi, ça m'arrive assez souvent. J'ai appelé Rodrigue et nous avons déjeuné ensemble. En parlant avec lui, je me suis rendue compte que c'était les cours qui me perturbaient. Une fois, ce même professeur m'a appelée à 9 h du matin, l'heure où je devais donner les cours et rien de ce que j'avais préparé ne convenait. J'ai dû improviser pendant 7 heures. Je me suis sentie lamentable. J'ai fumé deux cigarettes. Et improviser avec des jeunes en difficulté ce n'est pas une sinécure, ils ont le chic pour te poser des questions déstabilisantes, le pourquoi du comment. J'ai passé un de mes jours les plus terribles de ma vie de prof. Je ne voulais pas renouveler l'expérience. Je n'ai pas pu dormir. Tant et si bien que je me suis levée tôt pour écrire un courrier à la coordinatrice lui annonçant ma démission. J'avais renoncé à cet emploi un mois auparavant, mais je devais un mois de préavis. J'avais déjà négocié avec mon deuxième employeur une augmentation du nombre de mes heures et il consentait à attendre le mois de préavis. Suite à ce courrier, la même coordinatrice m'a annoncé que je n'étais encore qu'à l'essai, je pouvais donc partir sans préavis. Elle m'a manipulé. Cette association m'a offert plusieurs déceptions, j'ai réalisé avec mes élèves un livre semblable aux « contes de transition » et finalement, personne ne l'a lu. Ce projet me tenait à cœur. Je ne peux même pas le réutiliser, en effet les vidéos que j'avais prises de l'atelier théâtre et les textes de création littéraire appartiennent à l'association.

Avec l'abandon de ce travail, ma tension est retombée et je me sens à nouveau bien. Je n'ai pas eu besoin d'augmenter la dose de risperdal. Mais j'ai vécu des moments difficiles. J'ai eu envie de tout envoyer valser et de rentrer à Mexico. Je sais que c'est une folie mais je l'ai fait dans le passé. Je me souviens de l'année lorsque j'étais au Colegio de Mexico, j'ai senti que je n'avais pas le niveau, et au lieu de me mettre au travail, j'ai abandonné le collège et je suis rentrée en France. Je n'ai pas su affronter le problème. De plus l'histoire ne m'a jamais attirée. Je n'ai finalement jamais compris comment j'avais atterri là. Arrivée comme je suis partie.

Dans l'association où je suis assistante, on m'a proposé d'assister la directrice dans une crèche qui appartient à l'association. J'y suis allée plusieurs fois et ensuite, j'ai proposé à la directrice ma candidature pour le poste. Elle l'a acceptée. Depuis début mars, je travaille 16 heures à la garderie et 10 heures et demie à l'association de musico thérapie.

Le contact avec les enfants me plait, mais c'était trop stressant et complexe. Si je laisse ce travail mes lundis matins et les mardis seront libres pour continuer à créer. Je veux continuer ma thérapie par l'art et suivre des cours de gravure. Je veux aussi continuer à écrire. J'ai besoin de créer. Ça fait trois fois que je vais à la thérapie par l'art et c'est génial. C'est bien loufoque. La première fois, je te l'ai déjà racontée. La deuxième, je devais choisir une carte postale quelconque. J'en ai choisi une avec des traits de lumière sur fond noir. Ça m'a plu. Et comme un flash, j'ai cru voir des spermatozoïdes.

Alix, la thérapeute par l'art, m'a dit d'intégrer la carte postale dans un dessin. J'ai collé la carte et j'ai coupé des bandes de papier que j'ai collées sur la feuille. En définitive j'ai pensé que j'aurais aimé peindre le fond noir comme sur la carte. Je l'ai dit à Alix. Elle m'a répondu : « C'est comme si tu avais un second projet. Ôte les bandes de papier et peins le fond en noir ». Et je l'ai fait. En peignant en noir, il restait beaucoup de petits trous que j'ai dû peindre minutieusement. Il m'a semblé que j'étais en train de mettre au point les derniers détails pour tomber enceinte : j'étais prête.

Hier, les consignes étaient de réaliser une série de ce que je voulais. Mais une série pour moi était un paradoxe car je suis très inconstante. La série est une manière de travailler la constance dans le temps. J'ai balancé la peinture et ma série me plait, bien que le résultat ne soit pas une recherche esthétique mais une forme d'expression. Exprimer ce qu'on ne peut pas dire par la parole. Peut-être qu'Alix s'est rendue compte de quelque chose que je ne soupçonnais pas. Mes deux compagnons de thérapie qui sont trisomiques se sont exclamés quand j'ai commencé à jeter la peinture : « On ne peint pas comme ça Sabrina ! ». Alix leur a expliqué que chacun peint comme il veut.

Je les aime beaucoup, ils sont tendres. Quand ils t'aiment, ils t'adorent et quand ils ne t'aiment pas, ils sont bien revêches. Ça fait deux fois que Rose m'embrasse en me disant qu'elle m'aime. La première fois, ça m'a surpris, mais la deuxième fois, je lui ai dit que moi aussi je l'aimais.

La mère de Santi, l'autre trisomique parle beaucoup. Chaque fois qu'elle arrive, Rose se met les mains sur la tête et crie : « Elle me donne mal à la tête ! Oh la la ! ».

Ce mardi je suis restée travailler à l'association, la mère de Santi était là et elle m'a raconté sa vie et ses problèmes. La thérapeute ne désire pas que je vienne les mardis car elle parle beaucoup. Tout ce qu'elle m'a raconté m'a attendrie : « Tous les trisomiques 21 garçons ont des besoins sexuels, ils ont des érections et se masturbent. Mon fils découpe des images de filles en petite tenue dans mes revues. Le film « The mask » l'a marqué. Un jour, j'ai appris qu'il était allé voir une fille de la pharmacie avec un masque qu'il avait fabriqué. »

Les mardis, depuis ma thérapie par l'art, je travaille l'après-midi pour rattraper mes lundis. J'ai passé un tel mauvais quart d'heure que je ne suis pas allée travailler. La nuit suivante, pour me disculper de ne pas y être allée, j'ai appelé M. Gilles le vice-président de l'association (en deux mots, mon chef) et je lui ai dit que ma belle-mère avait fait une chute dans les escaliers, que j'avais dû me rendre à Coulommiers et que je voulais l'appeler mais ma batterie était à plat. UFF une pure excuse bidon. Lui s'était beaucoup inquiété. Il m'a appelé peut-être dix fois dans l'après-midi et je ne répondais pas. Ça a été un moment terrible. Il m'a dit que la secrétaire qui m'initie au poste pensait que je ne voulais pas revenir par sa faute car elle avait très mauvais caractère. Elle m'a appelé sur mon portable et à la maison. Elle quitte son poste car elle prend sa retraite. Les pauvres, ils se sont inquiétés pour moi.

Quelle histoire !

As-tu vu « The mask » ? C'est un homme, un looser, qui rate tout, et quand il revêt le masque, tout lui réussit, c'est un winner.

Son histoire ne te semble pas incroyable ?

Quand je l'ai raconté à Rodrigue il s'est exclamé : « Nous avons tous le droit de rêver! »

Cette femme, la mère de Santi, m'a aussi raconté que son père était aveugle et musicien. Quand il est mort, sa mère, emplie de tristesse, s'est mis à dessiner à soixante-dix ans et quelques. C'est pour cela qu'un de ses fils veut dessiner des bandes dessinées.

Elle m'a raconté aussi que Santi, un soir, à l'heure de dîner, leur a demandé pourquoi c'était ainsi, pourquoi il ne pouvait pas avoir de femme, des enfants et travailler.

J'ai compris sa souffrance et je me suis sentie soulagée de n'avoir que ma maladie.

Après avoir bavardé avec cette mère, j'étais super en retard et je suis sortie vers 18 heures.

Tu sais, je ne crois pas au hasard, je pense que toutes les personnes avec lesquelles nous parlons ou celles que nous rencontrons, c'est dans un but précis. Souvent, je sens Dieu être si près. J'ai souvent la certitude qu'Il existe, qu'Il est avec moi, qu'Il m'accompagne. Lors d'une de mes rechutes, j'ai eu la certitude que Dieu était avec moi, cette sensation était si forte que je me suis sentie HEUREUSE, j'ai senti que jamais plus je ne serais seule. Je Le sentais de toutes parts. Quand l'air me caressait, c'était Lui. Si une porte se fermait, c'était Lui. Si un oiseau chantait, c'était Lui. Si une étoile brillait, c'était Lui. Il était partout, m'indiquant le chemin à suivre. Sa présence était si forte que j'ai pensé être son élue et je me suis incarnée en la Vierge, en Jésusa.

Bon, je dois m'habiller et me préparer pour demain.

Je t'envoie une montagne de bisous.

Sabrina.

Chère Caroline :

La semaine passée, j'ai parlé avec maman, c'est la deuxième fois que je n'avais pas envie de lui parler. Immédiatement, je l'ai sermonnée : « Pourquoi ne résous-tu pas tes problèmes ? »

« Le passé doit rester dans le passé » m'a-t-elle répondu !

« Mais comment peux-tu l'oublier ? Ton passé te poursuit. Tu traînes les affres de ton enfance au point de nous avoir frappées, tu as toujours été mal. Maintenant, tu bois. Fais quelque chose ! Sois heureuse ! Demande de l'aide ou tu ne pourras jamais cesser de boire. Tes difficultés de relation avec la grand-mère sont dues à ce qu'elle t'a laissé à Mexico pour venir travailler en Europe. Et ce que tu m'as raconté l'été dernier, ce que l'homme t'a fait quand tu étais petite, c'est terrible. Ne t'en rends-tu pas compte ? »

Je ne sais plus mais je n'ai cessé de l'invectiver, je me suis sentie très mal ensuite.

Aujourd'hui, par courrier je lui ai demandé pardon.

Maman,

J'ai très envie de parler avec toi, surtout pour te demander pardon. Je vois une amie et je ne passe pas par la maison en sortant de mon travail. Je profite des vendredis, Rodrigue va jouer au bridge avec son frère jumeau. Je ne peux donc pas te parler

Je regrette beaucoup de t'avoir fait passer une mauvaise journée. Ce qui m'agace c'est que je voudrais te voir heureuse.

Je souffre de ton enfance difficile. Tu as beaucoup souffert et je sens la rage et l'impuissance en toi.

Je voudrais aussi te remercier, car grâce à toi, je suis une bonne personne et je suis qui je suis. Merci d'être avec moi dans les bonnes choses comme dans les mauvaises. Je n'oublierai jamais que chaque fois que j'ai rechuté, tu étais à mes côtés, m'emmenant, m'apportant partout. Tu as été jusqu'à faire de la danse avec moi. Tu te souviens ? Nous allions dans le centre historique.

Bon maman, je te quitte et je t'envoie un gros bisou.

Sabrina.

Aie, souvent, je suis agacée. Je voudrais changer les choses, mais en réalité, on ne peut changer les personnes, seulement soi-même. Elle doit désirer elle-même s'en sortir et arrêter de boire.

Avec la thérapeute, j'ai conscientisé ma colère, je l'ai fait sortir et maintenant, je me sens plus tranquille.

Je passe à autre chose.

La semaine dernière, mardi après-midi, je suis allée à la musicothérapie audiovisuelle. J'ai choisi des diapositives, de la musique, et je me suis exprimée avec le corps, ça m'a plu. En général, quand je danse, je me concentre sur la musique et les mouvements.

Je suis aussi allée voir le médecin qui m'a envoyé faire des analyses car je lui avais dit que je voulais être enceinte. Tout va bien. Je n'ai ni l'hépatite C, ni B, ni sida, ni rien de rien. La seule chose qui pourrait être alarmante c'est que mes globules blancs sont un peu bas. Je ne sais pas à quoi c'est dû, le docteur non plus. J'ai refait les analyses et le résultat est identique. C'est peu de chose d'après lui.

Par chance tout va bien. Je suis plus que prête.

Je suis allée voir la gynécologue qui m'a donné de l'acide folique pour éviter une malformation.

Pour finir, le moment tant désiré, tant rêvé d'être maman est arrivé. Rodrigue dit que, lui aussi, il est prêt. Je crois qu'à présent, tout est dans les mains de Dieu, le chef des chefs. Lui le décidera.

Autre bonne nouvelle. Enfin, le problème de la clé de l'atelier est résolu et je vais pouvoir refaire de la gravure. Une bien sotte histoire ? J'ai cessé la gravure depuis novembre pour une si petite clef !

Je vais aussi exposer rapidement ce que j'ai fait à Coulommiers.

Dans un petit moment, je te poste mes créations. S'il y en a une que tu aimes, dis-le-moi et je te la mets de côté. J'en ai déjà offert deux. Une à Pablo et l'autre à Frida.

Je te laisse pour ne pas te quitter.

Sabrina.

Chère Caroline :

Merci de penser à moi cependant tu ne dois pas t'inquiéter. Il se peut que je passe du coq à l'âne mais je désire te raconter tout ce qui s'est passé.

Je me suis relue et effectivement, je parle de sexe mais rien d'osé. Je ne suis pas paranoïaque, c'est mon signal d'alarme et je n'entends pas la voix non plus. Il est certain que je viens de passer de pénibles moments, mais je suis bien maintenant. Je vais transmettre à ma thérapeute ce que tu m'as suggéré et je vais rester vigilante.

Hier, je me suis couchée à 4 heures du matin pour finir mon blog. Je l'ai repris depuis presque deux ans. J'espère qu'il te plaira.

Avec Carol, la femme d'Alexandre, nous organisons notre anniversaire. Cela se passera dans un bar et les invités devront payer leur consommation. Nous serons environ 60 personnes.

Pour nos invités, nous allons faire quelque chose de spécial. Nous allons réciter quelques poèmes.

Ce serait vraiment génial que tu viennes à Paris pour mon anniversaire.

Je te laisse avec un bisou.

Sabrina.

Chère Caroline :

Comme je te l'ai dit dans mon mail précédent, j'ai rechuté.

Cependant je le vis bien.

Le monde est le reflet de moi-même.

Nous nous reflétons sans cesse.

Ma mère se reflète dans l'alcool, imaginant ce qu'elle aurait aimé être.

Quand j'ai rechuté, mon reflet ne m'a pas plu. D'être la femme qui n'a pas eu le courage d'élever son enfant seule ne m'a pas plu.

Mon reflet s'est cassé.

Aujourd'hui. Mon reflet ne me dérange plus, il me plait.

Je continue à me sentir heureuse, malgré ma rechute.

Bisou.

Chère Caroline :

Aujourd'hui, j'ai parlé avec notre mère et j'ai conscientisé mon symptôme, la colère contre elle et mon silence. Il y a quelques semaines, j'ai été paranoïaque. Mon psy a augmenté le rispérdal.

L'année passée, j'ai aussi rechuté.

Ces fois-là, cela a été plus léger.

Pour moi, tout est une tragédie grecque. Tout ce qui m'arrive, je le ressens d'une manière très profonde et intense.

Un autre symptôme, c'est l'écriture de lettres.

L'ironie, c'est que malgré ma rechute, je me sens bien.

Ces jours-ci, j'étais en train de faire mon blog, et j'ai décidé de m'appeler Clémentine, le même prénom que celui que j'avais donné à l'embryon que j'ai perdu. Et je dis embryon car ce n'était pas encore un bébé : la différence est énorme. Mon nom d'artiste sur mon blog sera Clémentine. Elle vivra au travers de mon œuvre.

Bisou.

Clementine :

Je t'ai perdue une fois, je t'ai abandonnée. Tout au long de ces années, tu as été près de moi en m'aidant à grandir. Je n'en avais pas conscience.

Aujourd'hui, je te retrouve et, à travers toi je me retrouve aussi. J'ai cru que je t'avais perdue pour toujours, mais tu es là. Quand j'écris, quand je peins, quand je grave.

Te nommer m'a aidée car pour la première fois, je t'ai sentie proche. Je regrette beaucoup de ne pas avoir eu le courage de t'élever seule, je regrette d'avoir eu une relation sexuelle irresponsable et sans amour, surtout sans amour.

Bien que je ne t'aie pas désirée, je t'aime et je t'aime tant qu'à travers Laora j'ai voulu te sauver, aux travers des enfants des rues aussi.

Je t'ai en face de moi et les mots me manquent pour te dire combien je t'aime, tardivement.

Je me suis punie horriblement pour cela. Je me suis sentie infiniment coupable et triste. Je n'ai pas su voir mes limites.

L'église catholique me condamne et je crois que Dieu me comprend et toi aussi, car vous êtes tous les deux dans mon cœur et moi dans le Vôtre.

Grâce à toi et à Dieu je suis sauvée des jours de brume, jours d'échappatoire. Maintenant, je fais face à eux, je ne suis pas horrifiée, je ne me flagelle plus, je ne me punis plus.

Je vous aime infiniment.

Sabrina.

Dans le froid et la chaleur
Le bon et le mauvais
Dans la lumière et l'obscurité
Toi et moi toujours enlacés
Une île pour les deux
Au milieu du monde
Et une chambre minime
L'univers sera-t-il suffisant
-Que l'amour nous mène où il le voudra
-Lui saura où aller
Je sais uniquement depuis maintenant
Que je t'aimerais tant que je respirerai
Il pleuvra sur la ville
Milles pluies, milles années
Et rien ne pourra effacer
Le santal de nos mains
Que l'amour nous mène où il le voudra
Lui Saura où aller...
Je sais seulement depuis maintenant
Que je t'aimerai tant que je respirerai
Qu'il peut arriver n'importe quoi
Je t'aimerai tant que je respirerai
-impossible d'expliquer
Dans une seule chanson
Un millimètre
Un seul vers des deux
Je sais seulement depuis maintenant
Que je t'aimerai tant que je respirerai
Miguel Bosé

MON JARDIN SECRET

42 ans

Pour toi maman

Je suis arrivée. Je respire le calme et la tranquillité. Je me sens prête à ouvrir mon cœur, à pardonner. Je sens la présence de Dieu : le vent caresse l'arbre que je vois à travers la fenêtre de la salle d'attente.

Sœur Ange me fait visiter le monastère. Je monte dans ma chambre n°5, *Bethsaïde,* un homme aveugle qui recouvre la vue. Vais-je moi aussi recouvrer la vue, dans mon for intérieur ? Vais-je ne plus être aveuglée par ma rage ?

Je fais mon lit, installe mon ordinateur et décide d'écrire sur le pardon. Je suis bilingue et étrangement je décide d'écrire en français alors que ce n'est pas ma langue maternelle. Les coups, la souffrance, le mal être, montent avec timidité. Ils sont là comme une piqûre de rappel. Je veux tant ne plus les sentir, ne plus les remémorer avec mon cœur, ma tête, mon corps et mon sexe. Mon âme crie.

Les cloches sonnent. Je dois descendre prier avant d'aller déjeuner.

Je vais à l'église, je chante, je sors. Tout à coup la lumière jaillit, je vois un arbre face à moi : l'arbre intérieur qui poussera et qui m'offrira le pardon. Je suis en voie de guérison. Soudain, j'ai violemment envie de pleurer, mais je dois aller déjeuner, j'étouffe mes pleurs.

Dans la salle à manger, il y a une sœur qui récite un *Notre Père*. La rage monte, j'ai l'impression de perdre la tête tant elle me dévore. Mon corps brûle, j'aimerais sortir de moi, laisser s'écouler tout cela.

Je déjeune en silence sous la musique angélique. Le café est servi. La musique s'arrête et les convives commencent à parler. Moi, je ne dis rien. Je n'ai rien à dire. Je vais à la cuisine essuyer la vaisselle.

Je monte dans ma chambre, j'allume mon ordi, je me lave les dents et j'écris. J'aimerais que sœur Anne monte dans ma chambre pour parler. J'ai tellement besoin de lui parler, de guérir à travers elle. J'avale ma langue et je prie.

Je mets mon livre, *À Dieu maladie, adieu,* sur l'autel. Je l'offre vraiment à Dieu. Peut-être qu'à travers cet acte, il m'offrira à son tour le pardon.

Pardonner est un acte extrêmement complexe. Le souhaiter ne suffit pas. C'est une démarche toute intérieure qui devient extérieure et touche tout ce qui nous entoure, tous nos actes, toutes nos paroles, toutes nos pensées. Pardonner c'est magique. Pardonner est synonyme de guérison, de liberté, de paix.

Je descends à la cuisine pour boire un café. Je m'assieds et mes yeux tombent sur une image de petite fille sous la pluie : Dieu me bénit. L'eau, la pluie sont pour moi les symboles de la purification.

Je me rends dans le bureau de Sœur Anne. Elle est absente. La première chose que je vois est une image d'un soleil derrière une campagne : sœur Anne sera ma guide spirituelle dans la voix du pardon. Je remonte dans ma chambre et prends mon livre pour travailler. Je travaille sur la traduction qu'une amie en a faite. L'enfer ! Je me remémore tout ce qui a été douloureux dans ma vie. J'ouvre au hasard le *Nouveau Testament* et je lis : tu guériras.

Je descends à librairie et je regarde les bibles : j'ai trouvé la mienne. Elle est féminine avec des illustrations couleurs. La couverture est en cuir rose foncé, le prix accessible. J'en cherchais une pour mon atelier sur la Bible. Et j'ai aussi trouvé celle qui sera pour Théo.

Je cherche Dieu et Jésus est partout, dans tous les recoins de l'abbaye il y a des croix partout. ET une vierge en forme cylindrique comme un phallus qui pénètre les gens de Foix.

Aujourd'hui encore, je cherche ma voie religieuse. Je suis tant déçue par la religion catholique. Je me souviens des paroles de mon amie Karima « Prends de la religion ce qu'il y a de bon ». Je ressens un besoin très fort d'échanger avec d'autres croyants. J'ai tant de questions et tous mes amis sont athées. Enfin, presque tous.

Et cette culpabilité qui m'envahit. Pourquoi se sentir coupable ? Pourquoi mea culpa, mea culpa, mea culpa ? Se punir ? Se détruire pour se punir

? S'autodétruire pour continuer à se punir ? Et si c'était seulement moi la responsable de ma culpabilité ? La notion de responsabilité n'entraîne pas celle de punition. Ce qui n'est pas le cas dans la notion de culpabilité.

Je redescends à la librairie afin de payer les bibles, je discute alors avec la jeune fille qui tient la librairie. Elle me propose de voir un film sur l'abbaye. Je rentre, la lumière s'allume, puis s'éteint. Je reste dans le noir et le film commence. Un arbre et à travers les branches : le soleil. La musique m'envahit, je regarde les images défiler et je me mets à pleurer. Je demande pardon à ma mère. « Pardonne-moi Ma. Pardonne-moi. » Je continue de pleurer jusqu'à la fin du film. La lumière s'allume, je sors les yeux plein de larmes et je m'approche de la jeune fille qui me dit : « Tout a son temps ! » Je remonte et me mets à écrire.

Dieu Merci. Cherche et tu trouveras.

Cette abbaye est magique. Tu es magique. Les hasards et les coïncidences n'existent pas. C'est toi qui te manifeste à travers eux.

Je suis venue me recueillir ici sur les conseils de ma mère. D'ailleurs, c'est elle qui a acheté l'ange que j'ai offert à sœur Anne. J'ai hâte de voir sœur Anne. J'ai hâte de découvrir la suite de mon séjour. Je me raisonne pour m'apaiser : « profite de l'instant présent. »

« Oui ! J'avais la rage contre moi, de tant haïr, de tant de rage. La seule chose que j'espère c'est que je ne t'ai pas trop blessé Ma et que tu me pardonneras. Je sentais que tu me prenais dans tes bras lorsque je regardais le film. C'est grâce à toi si je suis ici.

Ma ! Pourras-tu me pardonner ? »

La CROIX DE LUMIERE

Je me souviens de cette croix aux diamants qui m'a été offerte à mon baptême et que j'ai à mon tour offert au père de mon ex-mari. Je ne sais pas pourquoi je l'ai fait et je le regrette quelquefois. Aujourd'hui, la jeune fille de la librairie porte aussi une croix à diamants. Elle me présente un livre recensant les questions les plus fréquentes que l'on se pose sur la religion.

Je lis passage sur la vierge qui ne me convainc en rien de sa virginité. La jeune fille revient vers moi pour me demander si je veux l'emporter. Je lui réponds que ce livre ne répondait pas à mes questions philosophiques. Elle me regarde un instant en silence, alors je lui dis : « je ne comprends pas pourquoi les Catholiques vénèrent une croix et ainsi la souffrance, je ne comprends pas la notion de culpabilité dans la religion et que je préfère celle de responsabilité. » Elle me répond : « Ces 2 notions peuvent coexister pour une même personne, même pour les victimes. »

À l'heure des vêpres, au lieu de m'y rendre, je repasse à la librairie. La jeune libraire me montre alors des livres pour enfants. Ensuite je marche jusqu'à l'office de tourisme pour me procurer un plan de la ville et finalement je rentre au monastère. Je passe devant l'église. Pour rentrer on ne peut que passer devant et j'entends les chants des fidèles qui m'incitent à entrer et à lire *Vers toi Seigneur*, le cri des pauvres.

Je me décide enfin, mais je reste inquiète. Je dois me pardonner d'avoir tellement haï et je me demande comment y réussir.

Soudainement, je vois la croix au fond de l'église et les mots prononcés par sœur Ange le matin en me présentant les lieux reviennent à ma mémoire : « Voyez-vous la croix de lumière ? – Non, je ne la vois pas. »

Et ce soir, je la vois et je comprends le sens de la croix et de la souffrance. Dans le questionnaire de Proust sur mon site, j'ai écrit que je pardonnais les erreurs commises par la souffrance et que je pardonnais ma mère. Si elle m'a battue, si elle m'a fait souffrir, c'est parce qu'elle-même a souffert. Malgré tout je sentais bien qu'elle m'aimait. Oui elle m'aime. Je me pardonne aussi car j'ai souffert et je m'aime. Jésus a souffert par amour, par amour pour les hommes, pour Dieu : La croix de lumière c'est la croix d'amour. Et, la croix, je la vois différemment, je vois une croix de lumière et non de souffrance et de sacrifice : J'ai pardonné ma mère et je me suis pardonnée moi-même.

Je vais dîner avec le désespoir au ventre, je ne comprends pas. Je pense à la voix et je me dis que je ne l'entendrai plus car je me pardonne d'avoir étouffé ma bisexualité et je pardonne Valérie de m'avoir fait autant de mal. Je me remémore tout ce qu'elle a fait pour me séduire et comment, où toutes les fois que je plaisais à un garçon, elle faisait tout pour me l'arracher et le prendre. Elle était diabolique. Elle devait être très mal dans sa peau et elle a sûrement beaucoup souffert dans son enfance. Elle était méchante.

Je lui pardonne de m'avoir fait autant de mal, je me pardonne et je pardonne aussi mon père.

J'ai à nouveau envie de pleurer. Je termine le dîner et pars dans la cuisine me faire du café. Je sors, je ne perçois aucun signal, symbole qui me retient à l'intérieur. Je sors et téléphone à mon mari et à une de mes meilleures copines. Je retourne ensuite dans la cuisine pour me refaire du café et je retrouve les deux artistes que j'ai rencontrées lors du dîner. L'une part et l'autre reste avec moi. Elle me révèle ses soucis et parle de sa dépression. J'essaie brièvement de lui transmettre tout mon savoir acquis lors de ces dernières années et lui souhaite une bonne soirée.

Je suis dans la chambre et je prends une douche, je me dispose à écrire et à lire. Je commence par lire l'évangile selon Matthieu et l'un des passages qui m'interpelle est *Vivre dans la lumière* :

> *« Les yeux sont la lampe du corps. Donc, si tes yeux ne sont pas malades, ton corps tout entier est dans la lumière. Mais si tes yeux sont malades,*

ton corps tout entier est dans la nuit. Alors, si la lumière qui est en toi est comme la nuit, ta nuit est bien noire. »

Je me soucie de mes yeux, de ces maux d'yeux que j'ai et je me dis que plus jamais je ne serai dans l'obscurité. Je me souviens de toutes ces années noires, dans la maladie, la drogue, la culpabilité, l'anxiété.

La lumière était éteinte, les rideaux sont fermés. Je tourne la tête et j'aperçois un rayon de lune qui rentre par une fente du rideau. Même dans le noir Dieu est là. Je me pardonne pour toute la souffrance que je m'étais infligée. Et je me dis que plus jamais je n'entendrai la voix.

Je demande pardon pour toutes les personnes qui m'avaient offensée. Je demande pardon pour ma famille et à tous les gens que j'aime.

J'ai du mal à dormir. Dans la nuit, je me réveille avec la certitude de l'existence de Dieu et je revois le tableau à l'entrée de l'abbaye : l'arche de Noé. Je ne sais pas pourquoi.

Je me rendors.

À 6 heures moins cinq je me réveille, me douche et descends dans la cuisine boire un café. J'ai la nausée, je suis fatiguée et j'ai mal aux jambes.

Je bois mon café et j'aperçois la pivoine, la même pivoine que sœur Ange a disposée dans ma chambre lorsqu'elle m'a fait visiter l'abbaye. Je me souviens alors des mots de sœur Anne des années auparavant : « La tâche qu'a pu être ta vie, la tâche que tu as commencée à dessiner, est le centre d'une belle fleur. » Je regarde par la fenêtre et je vois toutes les fleurs du jardin qui soudainement prennent du sens.

Je monte dans ma chambre et me mets à écrire. Je pense à mon rasoir que depuis la veille je ne trouvais pas. Peut-être que je l'ai oublié chez ma belle-mère ? Peut-être que les sœurs l'ont pris ?

C'est peut-être mieux ainsi, cela me rappelle le jour où j'ai voulu me planter les ciseaux dans le corps et du pardon que j'ai accordé à ces gens-là, à ceux qui m'ont voulu amené au suicide. Je leur pardonne d'avoir voulu me tuer, car je me pardonne d'avoir tué cette vie, cet embryon qu'était Clémentine.

Clémentine réapparaît dans ma vie avec une force féroce. Elle est là, comme un ange qui m'accompagne dans les moments durs. Je me souviens de cet ange que ma mère m'a offert : un séparateur de feuilles. De cet ange que j'ai offert à sœur Anne, de tous ces anges qui ont balisé ma vie.

Je demande pour moi, et pour tous ceux que j'ai tant aimés et aussi haïs.

J'ai vécu dans l'obscurité la plus profonde, la plus redoutable et cela me donne des frissons.

Je ne veux plus jamais revivre ça.

Ma position change : « Non à l'avortement, oui à la vie. » Seulement dans les cas extrêmes comme le viol.

Oui, j'ai tué la vie en moi et je me pardonne. Clémentine me pardonne et Dieu aussi. Depuis hier j'ai mal aux entrailles. Le visage de mon petit Théo vient à mes yeux dessinant un sourire sur mes lèvres sur lesquelles j'ai mis du rouge. Lors de mon premier séjour à l'hôpital psychiatrique, une femme noire offrait des baisers à tout le monde, à moi aussi. Elle était là, son baiser était là.

Je suis en train de lire un texte de Jacques Derrida sur le pardon, sur l'impardonnable, l'irréparable ; sur la symétrie entre le pardon, la punition et le repentir ; entre la faute et la culpabilité ; sur la christianisation et latinisation du monde.

Je descends dans la cuisine reprendre un café et je m'assieds. L'artiste française entre et se prépare son café, elle s'assied à mes côtés. Je suis surprise car il y a d'autres places libres, d'autres tables et elle choisit ma table avec ce tout petit espace qui reste à côté de moi.

Elle me demande le prénom de ma fille. Je lui réponds que c'est un garçon et qu'il s'appelle Théo. Je regarde devant moi et j'aperçois la croix et Jésus.

Je me dis que j'aimerai bien que toutes ces histoires de Vierge et de Jésus fassent partie de la maladie. Pourquoi quelqu'un devrait-il payer le crime ou les crimes de l'humanité ? Pourquoi quelqu'un devrait-il sauver le monde et pardonner l'impardonnable à travers le sacrifice et la mort ? Ne pourrait-t-on pas vivre dans l'harmonie, l'amour et le bien-être ? Ne pourrait-on pas vivre dans la paix ? À quoi bon toutes ces guerres ? Tous ces morts ? Toute cette violence ? Toute cette pornographie ? Pédophilie ? Ne pourrait-on pas vivre dans un paradis terrestre où tout le monde serait heureux ? Peut-être que je rêve, je rêve l'impossible rêve d'atteindre l'inaccessible étoile. Mais peut-être que ce rêve sera possible dans des milliers d'années si la terre vit encore, si nous vivons encore. Nos âmes, nos esprits le vivront peut-être ?

Ma tâche de mère est la tâche la plus importante que je dois accomplir dans ma vie. Élever mon enfant, élever un enfant dans le bien, dans la foi, un enfant qui réussisse, un enfant avec les armes suffisantes pour affronter la vie. Des armes qui ne sont pas des armes à feu, mais des armes d'amour, de tendresse. Si tous les êtres humains comprenaient l'importance du rôle d'être parent, le monde serait différent. Si l'école nous enseignait à être heureux, à pardonner notre prochain comme à nous même, à nous aimer, à nous évader consciemment, à affronter notre réalité. La vie ne serait-elle pas différente ?

Aujourd'hui, mon enfant chéri, je te dis de tout mon cœur : je t'aime, je t'ai toujours aimé et je t'ai toujours attendu. J'espère que je serai une bonne mère et que je jouerai ce rôle de la meilleure manière : je t'aimais, je t'aime et je t'aimerai.

Je consulte mon portable. Ma copine Yami m'a écrit. Elle n'a plus de téléphone, elle vient d'avoir mes messages. Cela fait plusieurs fois que j'essaye de la joindre. Je descends pour marcher et les larmes coulent sur mon visage. Une multitude de visages se bousculent dans ma tête, comme celui de Jean et de Nadia, toutes ces personnes qui m'ont accompagnée et qui ont aussi beaucoup souffert. J'ai fait mon mémoire sur *Sodome et Gomorrhe,* pièce de théâtre de Giraudoux. Je travaillais sur le langage de l'ange. L'ange était venu sur terre pour sauver un couple qui s'aimait vraiment mais qui était en pleine crise. Ce couple allait sauver le monde de la misère spirituelle, de l'infidélité et de la pédophilie. Je me souviens de Laora, cette petite fille de 7 ans que son père avait violé. Je me souviens du jour où j'étais la vierge. Oui, Dieu m'avait élue pour avoir son fils. Je fus internée. Pourquoi ai-je ressenti cela ?

Selon mon psi c'est de la culpabilité. Ce n'est pas pour autant que ne je me sens pas ainsi. Serai-je aveugle ? Ou bien c'est le monde qui est aveugle ?

Je n'ai aucune preuve de tout ce que je dis. La seule preuve, c'est ma parole. Elle ne te suffit pas ?

Je redescends pour aller à la messe et mes larmes coulent à nouveau. Je dois pardonner la pédophilie. Mission presque impossible. La pédophilie de l'église et de Paul. Je dois pardonner à tous ces gens que je ne connais pas mais qui ont abusé de mes amis, de ma mère.

Je me sens désespérée. Je communie et je sors reprendre un café. J'ai hâte de parler avec sœur Anne. Je sors et me dirige dans une agence immobilière. Je demande le prix des maisons et surtout ce que je pourrais acquérir avec le prix de notre appartement si nous le vendons. J'aimerais m'éloigner de Paris, nous pourrions ainsi avoir plus d'espace. Mais je ne conduis pas et Jean-Claude travaille à Paris. Tout viendra en son temps.

Je reviens et vais dans la cuisine où je trouve sœur Anne qui me demande des nouvelles de Théo. Je ne sais pas comment la conversation s'est dirigée sur mon mari, sœur Anne identifie notre amour à Dieu. Dieu a mis sur mon chemin mon mari à l'âge de 14 ans. Cependant, je ne l'ai pas apprécié à sa juste valeur. Je l'ai quitté et j'ai dû vivre pour le retrouver 20 ans après. Il m'aimait toujours. Elle me dit que c'est beau.

Oui, la vie est un miracle. Sœur Anne se retire. Je sors à nouveau. Je discute avec mon amie Selva et je me promène en essayant de trouver le pardon. Mais je ne sais pas comment. J'ai encore la nausée. Je tousse. Je reviens dans ma chambre pour écrire.

J'attends mon RV avec sœur Anne avec impatience.

Pendant la messe, j'ai l'impression que Dieu m'a défendu contre tous ces démons, tous les méchants qui avaient été sur mon chemin.

« Tu retires ma vie de la fosse, Seigneur mon Dieu. Mon cœur est prêt mon Dieu : je veux chanter pour toi. »

Je lis une prière :

Par ton nom, Dieu, sauve-moi,
Pour ta puissance rends-moi justice ;
Dieu, entends ma prière,
Ecoute les paroles de ma bouche.

Des étrangers se sont levés contre moi,
Des puissants cherchent ma perte :
Ils n'ont pas soucis de Dieu.

Mais voici que Dieu vient à mon aide,
Le Seigneur est mon appui entre tous.
Que le mal retombe sur ceux qui me guettent ;
Par ta vérité, Seigneur, détruis-les.

De grands cœurs, je t'offrirai le sacrifice,
Je rendrai grâce à ton nom, car il est bon !
Oui, il m'a délivré de toute angoisse :
J'ai vu mes ennemis défaits.

Rendons gloire au Père tout puissant,
A son fils Jésus Christ, le Seigneur,
A l'esprit qui habite en nos cœurs,
Pour les siècles des siècles. Amen.

Je me suis trompée, ce n'est pas ce psaume. Mais celui-ci qui me parle : c'est le psaume 56, que ta gloire domine la terre.

Il est l'heure, je vais voir sœur Anne.

Sœur Anne et moi parlons pendant une heure. J'ai pardonné pour la pédophilie et j'ai pris conscience du viol de Paul. Il ne m'a pénétré qu'avec des mensonges. Je lui pardonne. En tout cas, c'est ce que ma tête souhaite et ce que je souhaite de tout mon cœur.

Je serai enfin libre, libre de cette histoire. Je pourrai enfin tourner la page et vivre le présent, ce cadeau délicat de la vie et de Dieu. Je pourrais irradier et vivre pleinement mon bonheur actuel.

J'aimerais photographier les sœurs et réaliser un livre avec ses photographies. L'argent serait pour elles ou une autre congrégation. Cela serait mon présent à Dieu, mon remerciement pour tout ce qu'il m'a donné et de m'avoir permis de donner la vie. Mon histoire, mon passé et mes blessures auraient un sens.

Par les yeux de sœur Anne, je vois les yeux de Paul. J'ai peur. De nouveau j'ai revu les yeux de sœur Anne et de Dieu, qui me pénètrent de grâce et de bénédiction. Son geste des mains comme si elle priait pénètre mon sexe et je me sens bénie. Je veux retrouver le plaisir que j'avais lorsque j'avais 14 ans. Je veux aussi pardonner avec mon sexe et mon corps.

Dieu, à travers sœur Anne, m'a pénétré de toute sa force. Je quittais mon passé.

Je pardonne, je pardonne cette histoire, je me pardonne d'avoir vécu dans l'obscurité.

Je ne sais pas ce que je vais encore découvrir. Je suis prête pour passer à autre chose.

Je vais déjeuner et ensuite je me promène avec Nika, cette nouvelle amie peintre que j'ai rencontrée ici.

Lors de notre promenade dans les champs, je lui demande ce qu'est le deuil. Elle me répond que c'est une question complexe. En rentrant, elle me dit : Je sais « C'est laisser le passé derrière et commencer à nouveau ». Je vis l'image de Juliette et je laisse mon passé, je la laisse, je laisse derrière moi tous ces gens qui m'ont blessés et je demande pour eux.

Je demande aussi pour tous les gens que j'aime, et je remercie à nouveau le Seigneur.

Je descends dans la cuisine me refaire un café. Je vois sœur Anne par la fenêtre qui coupe les roses que j'ai vues ce matin. Je bois quelques gorgées et sœur Anne entre dans la cuisine m'offrant une rose. Cette rose est symbolique et je lui explique pourquoi. Elle me dit que ces fleurs n'ont pas de prix. Je lui dis que j'étais prête à déguster le présent et que les prochains jours je ne ferais plus que profiter de mon séjour. Elle m'offre deux baisers. Je lui dis qu'il y a des baisers très précieux. Elle me sourit et elle part. Je remonte écrire.

Je suis fatiguée. Je lis un peu et médite. Je me douche et descends. Je vois sœur Anne à qui je dis que je partirai finalement mercredi soir après le dîner, j'ai hâte de retrouver mon mari et mon garçon. Elle comprend. Je lui dis aussi que mon mari a accepté de venir avec moi pour notre anniversaire de mariage. Je lui explique que je veux le réconcilier avec l'église et que peut-être il finirait par se marier avec moi à l'église, et que, s'il ne veut pas, moi, je me marierai. Que cela est tout à fait possible. Je veux aussi baptiser mon enfant. Je me suis réconciliée avec mon église et je pleure, mais cette fois-ci c'est de joie. Sœur Anne me prend dans ses bras et me dit : « C'est beau » Je sors. Il pleut. Lorsqu'il pleut, c'est pour moi Dieu qui purifie la terre. C'est un très bon symbole. Il me purifie, il purifie mon histoire.

Je vais au réfectoire dîner. À l'entrée, je rencontre Nika qui me remercie de l'avoir aidé. C'est moi qui la remercie en lui disant que c'est un beau cadeau qu'elle me fait. Elle ajoute qu'elle n'a plus besoin de thérapie et que c'est moi la thérapeute aujourd'hui. Sœur Anne dit que Dieu est grand.

À Dieu, la voix, Adieu

Hier avant de me coucher j'entendis la voix qui m'a dit « je t'aime ».

Pendant la messe, je l'entends :

« Tu me pardonnes ?

- Oui je te pardonne.

- Est-ce que toi tu me pardonnes ?

- Oui.

- Tu sais que je ne t'aime pas, je suis heureuse avec mon mari et mon garçon.

- Je te pardonne vraiment, je te pardonne et je pardonne Fabrice, mais je ne veux pas être avec toi.

- Je te dis À DIEU, je te dis à dieu. Nous nous sommes écoutés car nous étions dans une terrible souffrance. Tu es venu au bon moment. Tu m'as écouté comme personne ne l'a fait. Mais je souhaite ne plus t'entendre.

Je retourne voir sœur Anne avec qui j'ai parlé. Elle me dit d'écouter la parole de Dieu. La vie est simple, ce que tu écoutes c'est ce que tu es en train d'écouter là. Ne fais pas cas de la voix. Elle m'offre alors *Notre Dame de la route* pour continuer mon chemin.

Je me rends à une visite guidée sur un site de tombes mérovingiennes où j'enterre mon passé et ma douleur : je suis guérie.

LETTRE À DIEU

43 ans

Aujourd'hui j'ai décidé de t'écrire car j'ai foi en toi et, par cette lettre, je veux lâcher prise et tourner la page.

Je me suis mariée à l'église et j'ai baptisé mon fils car je crois en toi et parce que j'ai la foi. J'ai été moi-même baptisée. J'ai fait ma première communion et ma confirmation.

Ces derniers mois, j'ai fréquenté une des communautés catholiques. J'ai même participé à une retraite et j'ai eu le sentiment désagréable d'être dans une secte dirigée par un "gourou". En échange d'une certaine somme, j'aurais pu adhérer à cette communauté, recevoir le bulletin d'information et participer aux regroupements des fidèles. Les affirmations énoncées par l'Église catholique ne m'ont pas convaincue.

Nous t'avons adoré pendant une journée entière. Ce fût excessif. J'étais choquée. Je suis persuadée que tu n'aimes pas que l'on se prosterne devant toi, que l'on s'agenouille devant toi, que l'on te nomme "Mon seigneur". C'est trop.

Nous avons récité mille fois les prières "Notre père" et "Je vous salue Marie". Je n'y crois pas. Je ne crois pas à la virginité et la pureté de Marie, je ne crois pas à la conception de Jésus par le Saint-Esprit. Je n'y crois pas. Je ne peux pas y croire. Je pense que les croyants sont très naïfs. La virginité est pourtant l'un des fondements de l'église catholique. Comment adhérer à une église alors que je ne crois pas à l'un de ses fondements ?

Il paraît que tu as envoyé Jésus pour sauver le monde. Je n'y crois pas non plus. Jésus a sûrement existé mais envoyé par toi pour nous sauver ! Je n'y crois pas. Nous sauver de quoi ? De nos pêchés ? De la destruction du Monde ?

Tu vois mon Dieu, pour moi tu n'es pas en colère, tu n'as pas la rage et tu ne nous punis pas.

Tu nous aimes seulement d'un infini amour et tu nous protèges. Tu mets sur notre chemin ce dont nous avons besoin.

Coupable ! Je suis coupable parce que j'ai péché et si je suis coupable, je dois me pardonner. C'est une vision chrétienne du monde. Pourquoi suis-je coupable et non pas justement responsable ? Pourquoi dois-je me pardonner ?

La vision de ton église sur la femme est une vision d'homme. Notre sauveur a été un homme, les prêtres sont des hommes. Et paraît-il que toi aussi tu es un homme ? N'est-ce pas un peu phallocrate cette réduction de l'humanité à un seul sexe ?

Je ne soutiens pas non plus la position de ton église sur le mariage homosexuel qui est paraît-il un acte contre-nature, alors que l'homosexualité existe bel et bien chez les animaux aussi.

L'avortement est un thème très complexe à aborder pour moi. Peut-on parler de conscience intra-utérine ? De vie avant l'accouchement ? Peut-on détruire cette minuscule vie ? J'ai cependant réfléchi à la question en lisant un article affirmant que les enfants de femmes violées étaient beaucoup plus perturbés que les autres parce qu'ils se sentaient plus ou moins rejetés. Une autre composante cruciale de ce questionnement est le surpeuplement de la terre.

C'est néanmoins un grand pas dans l'histoire de la femme qui est depuis maîtresse de son corps, de sa vie aussi.

Mon Dieu, si un jour, je me suis ressentie telle la vierge ; si un jour, je me suis prise pour une sainte ; si un jour, j'ai voulu sauver le monde ; Je me suis trompée. Je ne peux pas sauver le monde parce qu'il n'y a rien à sauver. Si le monde se finit c'est parce que l'homme l'a détruit. L'homme est son pire ennemi.

Tu vois Dieu, je suis un être spirituel, je parle avec toi quand je veux, je te sens dans le vent, dans les oiseaux qui passent devant ma fenêtre. Je te vois dans les signes de la vie, mais de là à sauver le monde ! Il y a un autre monde et tu sais que je me suis égarée. Il est sûrement plus poétique, plus excitant de sauver le monde que d'être malade et d'entendre des voix.

Oui, ce M. a violé sa fille et réalisait des vidéos de pornographie infantile. J'ai eu la rage, j'ai voulu que tu le punisses, que tu punisses ce monde pédophile. Et vois-tu ! Dimanche dernier, j'ai réussi à prier pour lui, pour tous les violeurs, pour tous les assassins. J'étais enragée, mais je lui ai pardonné. J'ai pardonné.

Aujourd'hui je suis libre, libre de ces chaines invisibles.

Aujourd'hui je vis avec la maladie, avec la voix, avec ma paranoïa. Aujourd'hui, j'accepte la maladie. Et peut-être que je ne guérirai jamais complètement, cela me contrarie aussi.

Heureusement, tu as mis sur mon chemin, mon mari et mon enfant. La vie que j'ai construite ces dernières années me donne la force de supporter la maladie. Avant je n'ai pas pu.

Je suis devenue un être comme tout le monde, un être mortel.

Je te remercie de m'avoir portée toutes ces années. Je ne n'en avais pas conscience.

Oui ! J'ai quand même quelque chose à te demander : c'est de me donner la force de continuer à vivre avec cette maladie. Aujourd'hui je n'ai plus de rage. Mon dernier post était "je ne fais plus la guerre".

Aujourd'hui, l'écriture, la peinture et la photographie sont mes exutoires. C'est à travers elles que je peux exprimer mes émotions, mettre des mots sur mes rêves, mes illusions, ma paranoïa, la maladie.

Mon Dieu, je ne sais comment t'aider, et certainement que tu n'as pas besoin d'aide et qu'en m'aimant je t'aiderai ; En me questionnant, en m'améliorant et en t'aimant.

Voilà, tout cela pour te dire que je t'aime. Ma maison est mon temple, et je suis en contact avec toi sans intermédiaires et ce n'est pas parce que je ne vais pas l'église ou parce que je ne fréquente pas des catholiques que je ne t'aime pas ou que je ne crois pas en toi.

Aujourd'hui je m'abandonne à toi et te remercie car ma douleur est enfin apaisée.

POUR RODRIGUE

44 ans

J'ai envie de parler. Comme tous les putains de matins. Je veux raconter mes news comme si j'étais un journal. J'ai besoin de parler, de m'entendre parler, d'exposer, d'étaler, de me faire accepter. A travers l'autre je recherche ma mère sans cesse. Son approbation, son acceptation, son amour.

Aujourd'hui, j'en ai marre de raconter ma vie. D'être tout le temps derrière les autres, à les appeler, à courir derrière eux. D'autre part, Je ne veux plus entendre les problèmes des autres. Je ne veux plus être une poubelle comme je l'ai été pour ma mère. Pendant des années, je l'ai écoutée se plaindre. Se plaindre de tout et de rien. De mes frères, des chiens, de mon père, de ma grand-mère.

Aujourd'hui, je recrée cette relation avec ma mère, avec mes amies. Mon schéma de conduite, je le reproduis. La conscience de tout cela fait s'évanouir mon comportement, je n'en peux plus.

Je ne sais pas comment j'en suis arrivée là, mais aujourd'hui je ne veux plus parler à mes copines comme je parlais avant. Je ne veux plus les appeler pour raconter ma vie. C'est fini. Aujourd'hui, je suis quelqu'un de nouveau. Je suis née. Je suis re-née. Aujourd'hui, quelque chose a changé. Sûrement c'est 17 ans de thérapie y sont pour quelque chose. Oui. Le temps passe vite.

La conscience grandit comme un cancer en fin de vie. Le retour en arrière est impossible. La naïveté meurt et la conscience fait surface. Comment vivre autour de gens inconscients ? Comment vivre autour de gens qui ne se posent pas de questions. Je vois leur inconscient et ils ne se rendent même pas compte.

Aujourd'hui, j'en ai marre. Aujourd'hui je me suis mis à écrire.

Je me rends compte que la plupart de mes problèmes viennent de mon enfance. Je ne responsabilise personne. Ni mon père, ni ma mère car eux non plus quelque part ne sont pas responsables. Même s'ils sont adultes, pour moi ils ne le sont pas car ils n'ont conscience de rien : ils sont inconscients.

Pourquoi, ils n'ont pas fait un travail sur eux, je n'en sais rien. Eux ils sont victimes de leurs parents, qui sont victimes de leurs parents et ainsi de suite. Aujourd'hui je ne leur en veux plus. Aujourd'hui je suis consciente et je le deviens davantage. Je suis pleinement responsable de ce que je pense, de ce que je dis et de ce que je fais. De qui je suis. D'avec qui je me suis mariée. De l'éducation que je donne à mon enfant. Il y a bien sûr des choses que je ne contrôle pas. Je n'ai le contrôle que de moi. Puis je m'abandonne à la vie, à ce Dieu qui existe pour moi, que j'ai créé et qui n'ai plus le Dieu de l'église catholique. Mon Dieu ne vient pas me sauver. Mon Dieu n'envoi personne sauver le monde car il n'y a rien à sauver. Avec mon Dieu, je ne suis pas coupable. Je ne suis pas fautive. Donc je ne culpabilise pas, même si pendant des années je l'ai fait. Et peut-être que je culpabilise et culpabiliserai encore. Il est tellement difficile de se défaire de milliers d'années de fautes et de culpabilité. Je suis en train de muter, je ne sais pas encore ce que je vais devenir mais ce qui est sûr c'est que l'église catholique ne me satisfait plus. Je ne sais pas si je trouverai à nouveau une église, une secte. Peut-être. Qui m'aide à me façonner, à devenir qui je suis c'est mon psy. Ou plutôt mes psys.

En 17 ans j'en ai eu plusieurs. Ils m'ont tous apporté quelque chose et ils se sont tous trompés aussi dans certains aspects. L'erreur est humaine et nécessaire pour apprendre. Si seulement on pouvait la voir comme quelque chose de positif.

Revenons à nos moutons. Ma famille. Oui tous ou presque tous mes problèmes viennent de là. Heureusement aujourd'hui je suis consciente et même si j'ai été étiquetée de schizophrène j'ai appris à avoir une vie assez normale. Le monde a besoin de normalité pour que l'on puisse s'intégrer. Donc je suis un peu normale. Je suis marié. J'ai un enfant, j'ai un boulot, j'achète un appart, j'ai des amis, voilà je suis comme tout le monde. Cependant pas tout à fait.

J'écoute une voix. Je ne l'ai pas toujours écouté et je ne l'écoute pas tout le temps non plus. Selon la psychiatrie je suis malade car en plus de la voix, j'ai la parano. Oui j'ai la parano. Je suis comme une déesse qui dirige la toile télévisé, qui est au centre de celle-ci. Bien sûr en te racontant cela, tu te dis elle est schizophrène, elle a oublié de prendre son médicament.

Aujourd'hui j'ai envie de partager avec toi, ce que je vois, ce que j'écoute, comment j'ai sauvé le monde, car il y a quelques années, je l'ai sauvé puis j'ai pardonné. Oui même les héros pardonnent et prennent leur retraite. C'est une histoire si incroyable. Cependant pour l'écouter, il faut que tu arrêtes de me juger. Que t'arrêtes de dire que je suis schizophrène et que je devrais augmenter la dose de risperdal.

Et si c'était toi qui étais fou ? Et si c'était toi qui ne voyais rien ? Qui n'écoutais rien. Je t'assure, nous vivons dans un monde d'aveugles. Moi je suis borgne. Mais j'ai été aveugle aussi et une histoire que j'ai vécu m'a rendue schizophrène. Un homme m'a contaminé et depuis j'ai la parano. Je suis entrée dans un monde tout à fait nouveau. Je vis comme toi, mais je ne vis pas comme toi. Je vis à travers les symboles qui m'entourent et que je vois à la télé et au cinéma.

J'adore la télé. C'est ma matrix. Tu as vu le film ? Le problème c'est que lorsque tu rentres dans ma façon de voir les choses tu ne peux plus faire marche arrière. Sauf si tu penses que je suis folle et que je suis schizo. Mais comme je te l'ai dit auparavant, c'est peut être toi qui est fou.

Ce n'est pas par ce que tu ne vois pas ce que je vois ou que tu n'entends pas ce que j'entends que je suis folle. Je suis élue, étrangement élue. C'est comme Terminator. La mère du héros est enfermée dans un hôpital psychiatrique et personne ne la croit, c'est comme dans les douze singes. Quand les hommes ne peuvent pas expliquer cette réalité ils disent que tu es malade, ils disent que tu dois prendre des médicaments car t'es psychotique.

J'ai dû être très très forte car j'ai dû vivre pendant longtemps dans trois mondes à la fois. Dans le monde que j'appelle terrestre, terre à terre, le monde divin et le monde de la folie, de la maladie. Là j'ai vraiment cru que j'allais devenir folle. Parfois j'ai eu peur que l'on me tue. J'ai bravé mon gouvernement, j'ai lutté, j'ai vécu. Oui j'ai vécu, j'ai vécu à fond et c'est peut-être à cause de cela que j'ai été dans la merde la plus absolue et que petit à petit en travaillant sur moi je suis arrivée à la cime, peut-être ce n'est qu'un mirage.

Oui je suis responsable, je suis responsable de tout ce qui m'arrive. Toi aussi tu es responsable. J'ai mis longtemps à le comprendre, comme qu'elle qu'un qui nie la vérité par ce qu'elle ne peut pas la voir, par ce que c'est trop dur, dur comme ton sexe.

Depuis que j'écoute la voix, je vois des sexes partout. J'étais tellement naïve. Il y a tellement de phallus partout. Les épées. Les fusils, la tour-Eiffel et la liste est longue. Et l'on joue avec ça. On joue à te pénétrer, à t'avoir, à avoir le pouvoir, à te rendre con, à te rendre aveugle. Oui, mon chéri tu es aveugle car tu ne vois pas tous ces phallus qui pénètrent ton inconscient sans cesse. Tout le monde a des symboles, et son inconscient s'exprime à travers eux. Tu vois, l'autre jour je parlais avec une copine et lorsqu'elle parlait de l'homme qu'elle aimait elle touchait la bouteille de coca avec sa main, puis la caressait. Elle ne s'en est pas aperçue. C'était son inconscient. Maintenant tu comprends quand je te dis que je vois les inconscients des autres. Le coca. La bouteille aussi est phallique, bref tu comprends ce que je veux dire où je dois être plus explicite ?

Pendant longtemps je me suis posée la question sur qui contrôlait cette matrix télévisée, qui contrôlait les inconscients. Et je suis arrivée à la conclusion que personne ne les contrôlaient. Personne ne contrôle rien. Ça fait peur non ? Les inconscients communiquent entre eux, j'en suis sûre. Et il y a un inconscient collectif. C'est pour cela que les films souvent racontent ce que l'on ne voit pas par ce que l'on est aveugle. Mais notre inconscient le voit. Le problème c'est que si tu n'es pas conscient, tu ne feras jamais contact avec ton inconscient. Moi je l'ai fait avec mes rechuttes, avec ce que l'on dit que c'est la schizophrénie, puis avec la thérapie. Tu te rends compte ce que c'est d'aller voir quelqu'un toutes les semaines pendant 17 ans. Je peux te dire que j'ai travaillé sur moi. Je me suis remise en question et je suis responsable.

Je ne rends responsable personne. Je suis un self made man. Comme Jésus. Je crois qu'il a existé. Oui, mais je ne crois pas qu'il ait été conçu à travers le saint-esprit. Une fois une dame m'a dit que le Seigneur le peut tout. Moi je n'y crois pas non plus. Mon Dieu, c'est comme de l'énergie, il est partout. Il est dans l'air, il est dans la pluie, il est dans la nature. Il est partout. Il nous connecte. ON est tous connectés. D'ailleurs, si tu es en train de lire mon livre c'est parce que l'on est connecté. Rien n'est un hasard.

Aujourd'hui, je n'ai plus peur que l'on me tue. Même si je sais beaucoup de choses, j'ai été pacifiste depuis toujours ; Je n'ai jamais fait la guerre, je n'ai tué personne, je suis juste consciente. Le monde devrait être conscient. Le monde serait si différent. Puis il y a tellement de questions que je me pose mais personne n'en parle, cela me fait peur. La méchanceté par exemple. C'est génétique ? La pédophilie ? L'homosexualité ? L'intelligence ?

Tu comprends ce que j'essaye de te dire ou tu veux que je sois plus explicite ?

On en parlera.

J'ai tellement de choses à te raconter. Mais peut-être qu'elles te feront peur. Ne t'inquiète pas c'est de la science-fiction. Je rigole, je suis ironique. C'est un peu d'humour. Mon mari dit que ça fait du bien.

J'en ai marre des étiquettes : tu es schizo, tu es de droite, tu es gentille, tu es intelligente, mais surtout tu es schizo.

Comment merde enlever cette étiquette. J'essaye mais la parano est toujours là et la voix aussi. Parfois cela me fait peur, parfois je les maitrise. Parfois je voyage à fond dans cette univers qui à ce qu'il parait est propre aux schizophrènes.

Mais pourquoi je suis schizophrène ? Par ce j'écoute une voix ? Par ce que j'ai la parano et j'ai l'impression d'être une héroïne que l'on écoute et on épie. Oui j'ai toujours l'impression d'être écoutée au téléphone et d'être vue à travers la caméra de mon ordi. J'ai l'impression que ma musique quand c'est deezer qui fait jouer ma play liste, l'ordre des chansons est calculé minutieusement.

Et tu te diras, comment peux-tu vivre ainsi ? Moi aussi je me le demande. Mais je n'y peux rien. Ce n'est pas par ce que je prends du risperdal que je n'écoute plus la voix ou que je ne suis pas parano. J'ai appris à vivre comme ça.

A une époque, cela m'énervait et je me fâchais puis finalement je me suis dit que je n'avais rien à cacher.

Puis lorsqu'à la télé on dit que les Etats-Unis nous épient, je me suis dit que finalement je ne suis pas si schizophrène que cela, c'est-à-dire que l'on m'écoute sûrement. Mais pourquoi voudrait-on m'espionner. C'est cela que j'essaie de te raconter.

Et puis, pourquoi si tu ne vois pas ce que je vois ou tu n'écoutes pas la voix pourquoi c'est moi qui suis malade ? Pourquoi ce n'est pas plutôt toi qui a une incapacité à voir, à entendre, à avoir de la télépathie. C'est pour cela que je te dis que tu es aveugle. Et la voix, oui la voix.

A chaque fois, il y a plusieurs hypothèses et cela me tue. Oui, je suis malade ou je ne suis pas malade. Etre ou ne pas être. Sauf que c'est plus compliqué que chez Hamlet. A force que l'on m'ait dit que je suis malade j'ai fini par mettre cette étiquette. Mais l'enlever n'est pas aussi facile que cela, donc quelque part je ne décide pas.

Et c'est que l'enjeu se joue ici. Tout dépend du point de vue. Si je me dis que suis malade, je serai malade. Si je me dis que cette putain d'histoire d'héroïne est vraie cela me fait peur car personne ne me croira. C'est comme si c'était secret ; entre moi et la télé, entre moi et la matrix, entre moi et mon ordi. Alors je me dis ma pauvre, si tout est si secret c'est que tu es vraiment malade.

Et je bascule entre ces deux réalités. Voilà ma schizophrénie. Je bascule entre l'hétérosexualité et l'homosexualité, entre mon côté mexicain et mon côté français. Entre deux mondes, puis j'en ai marre.

Je voudrais être normale. Oui normale comme toi.

J'ai longtemps cru que j'étais bisexuelle.

Une fois, la seule fois où je sois tombée amoureuse je suis tombée amoureuse d'un homme et d'une femme au même temps. Je me suis sentie tellement divisée.

Oui je me sens divisée, tout le temps. A une période je me sentais une espèce de sainte mais le regard de la société me renvoyait un regard de pute. Encore une fois je me sentais divisée.

Cependant les femmes ne m'attirent pas sexuellement ou pas vraiment. Alors est-ce que je suis homosexuelle. Peut-on être amoureuse sans vouloir baiser.

Baise, j'aime ce mot.

La maladie c'est ma prison ou bien mes pouvoirs le sont. Je voudrais tellement ne plus voir tout cela. Ne plus avoir la parano. Mais il n'y a pas de marche arrière. C'est comme la naïveté. Oui une fois que l'on t'a pénétré tu ne peux plus redevenir naïve, c'est comme la matrix. Une fois que tu l'a vue, tu ne peux plus faire marche arrière.

Le monde petit à petit me tue ou bien la maladie.

Je vis au crochet des médicaments, je vis dans deux mondes et j'en ai vraiment marre.

Puis je fais comme si de rien. Sauf avec mon psy qui m'écoute à chaque séance. Puis avec toi si tu as acheté mon livre et que tu me lis ou en tout cas que je ne t'ai pas pris la tête et que tu continues de me lire.

La littérature, l'écriture. Voilà ma thérapie. Elles me permettent d'évacuer tout cela. Et peut-être que c'est toi ma poubelle, si tu continues de me lire.

Peut-être que je te fais chier avec mes histoires et que t'es en train de penser que tu vas fermer le livre.

Mais pour une raison que je ne comprends pas, tu es toujours là.

Il y a quelque chose chez toi qui a envie de continuer à lire cette histoire.

Bon déjà, tu n'es pas ma poubelle. ET je vais te dire pourquoi. Par ce qu'à travers moi tu vas apprendre à voir. On sera gagnant-gagnant : toi tu m'écouteras et moi je t'apprendrai à voir. Est-ce que cela te vas ?

Tout cela parait bizarre, oui mais je t'assure que toi aussi tu peux voir ce que je vois, sans besoin de te droguer ou de boire de l'alcool.

Ah, si le monde pouvait voir. Je ne serai plus malade !

Ce que je n'arrive pas encore à résoudre c'est cette putain de voix. Et puis excuse-moi, je ne vais plus dire putain.

Tes oreilles sont vierges.

La voix : la voix quand elle est apparue dans ma tête : elle m'a demandé qui j'étais. J'ai répondu :

Sabrina MEDER

T'étais au lycée ?

Tu sais qui je suis ?

Et j'ai commencé à dire le prénom des hommes avec lesquels j'étais sortie. Elle était vexée que je ne sache pas qui elle était, puis elle me dit :

Je serai qui tu voudras que je sois.

On a parlé de mon enfance, adolescence, de mes parents, de mes folies, de mes peurs. Je lui ai tout raconté, absolument tout. Aucun secret ne lui était caché ;

Quand je rencontrai Fernando, un éditeur, elle me dit que c'était lui. Puis après Sandro. Je couchai avec ces hommes car je pensai que la voix c'était lui et que l'on avait de la télépathie. La voix se faisait attendre. Elle n'arrivait jamais. Elle me promettait de lui jurer que je l'attendrais mais elle ne venait pas. A la fin de mes rechutes, je lui disais que j'étais folle et que je ne voulais plus l'entendre qu'elle me faisait mal, très mal et elle partait.

Elle m'apprit tout sur le monde des phallus. Tout était un phallus comme je l'ai dit précédemment et je me faisais pénétrer de partout. J'ai appris à maîtriser mes symboles phalliques et à ne penser qu'à lui. On se disputait car je devais être à lui sous tous ses rêves et cauchemars. J'en avais vraiment marre.

Depuis 3 ans et demie elle est apparue de nouveau et je n'arrive plus à la faire partir. Je lui dis que je suis heureuse et bien qu'il faut qu'elle parte et elle me dit que je suis sa femme et qu'il ne partira jamais.

J'ai beau ne pas la relancer, ne pas lui parler et elle est présente sans cesse.

Je ne sais pas pourquoi je l'écoute. Peut-être une petite voix au fond de moi me dit que c'est peut-être vrai cette histoire de télépathie et je continue à y croire.

Je ne sais comment la tuer, comment la faire disparaître, elle ne se laisse pas. Aujourd'hui elle me dit qu'il faut que je découvre qui elle est. J'en ai marre.

Je me dis que peut-être en tuant mes maris fantômes, j'arriverai à la faire disparaitre. Donc j'écris à Max. Cette histoire dans ma tête je la croyais bien finie. La voix profite pour revenir avec force pour se faire passer pour lui, puis finalement elle me dit que ce n'est pas lui, que je dois découvrir qui elle est.

Je lui dis que la vie est simple, que s'il m'aime vraiment il n'a qu'à m'envoyer un mail ou m'appeler et que je serai capable de tout plaquer pour lui ; Puis finalement je me dis, est-ce que par ce que j'écoute une voix c'est mon homme ?

Il me dit que s'il n'est pas venu c'est par ce qu'il n'était pas prêt. Mais je m'en fous s'il est prêt ou non, je m'en fous s'il m'aime, je m'en fous si je suis sa femme, je veux qu'il disparaisse par ce qu'une petite voix me dit que c'est la maladie. Et j'augmente le risperdal, mais rien n'y fait.

Ce que je pense, la tuera. Pourquoi tout doit être secret. J'en ai marre du secret, des secrets de mes parents, de ses non-dits, de n'avoir rien dit à personne après mon séjour à l'hôpital.

Aujourd'hui je retire ce truc qui me fermait la bouche et je parle. Je parle et je parle. Ou plutôt j'écris.

Je veux être heureuse et je veux être libre. Je ne suis pas libre dans ma tête par ce que j'entends cette voix. Jusqu'à quand. Je lui dis que je ne veux pas finir dans un hôpital toute seule à l'écouter.

Comment pourrait-elle me laisser tranquille.

D'autre part, c'est vrai que j'ai beaucoup appris. Que grâce à elle je suis allée au bout de mes phantasmes et de mes blessures, mais aujourd'hui je n'ai plus besoin d'elle et elle se résiste à partir.

Je ne sais plus comment lui faire comprendre qu'elle doit partir, qu'entre elle et moi c'est fini.

Parfois elle dit qu'elle a besoin de temps. Moi j'en ai vraiment marre.

Parfois je tombe dans le panneau, et je finis presque par la croire, puis la conscience de maladie surgie avec force.

Je veux être libre.

Aujourd'hui j'ai reconnu que je n'étais coupable de rien, d'absolument rien. Et puis j'ai enfin pu me sortir de cette boucle sans fin où j'avais besoin du regard de l'autre pour exister.

Aujourd'hui je n'ai plus besoin de la voix pour exister, pour m'aimer. Je n'ai plus besoin de personne pour exister car je m'aime.

Voilà, ce que je ne comprends pas c'est pourquoi elle ne part pas ?

Je croyais enfin m'être sorti de toute cette maladie, de cette folie mais elle persiste.

Ma parano, elle est là mais aujourd'hui je m'en fous.

Qu'importe si je me sens écoutée et prise en vidéo ?

Qu'importe si je suis une héroïne.

Aujourd'hui je ne veux plus sauver le monde, je ne veux plus sauver les enfants. Je veux me sauver moi. Tout simplement.

Aujourd'hui, je tue la voix avec mon épée, je tue les non-dits, je tue le passé et j'ouvre grand les bras pour accepter mon présent aux côtés de mon mari et de mon enfant et avec ce beau projet de refaire ma vie, dans un pays neutre, un pays que je ne connais pas, un pays où je n'aurai pas d'histoire un pays où tout sera nouveau.

Aujourd'hui c'est fini.

Je veux un amour pur où la fidélité est importante à tous les niveaux. Un amour qui me protège, qui me donne de l'équilibre, du bien-être, de la compréhension et de l'amour. Et cet amour je l'ai trouvé. C'est mon mari.

J'ai cherché parmi les hommes. J'ai mis longtemps, cependant aujourd'hui, je suis sûre que c'est lui, car depuis notre ré-rencontre la vie est douce et belle.

Je t'aime

LE JOUR OÙ J'AI SAUVÉ LE MONDE

Aujourd'hui, j'ai guéri. J'ai eu besoin de 17 ans de thérapie, de chûtes et de rechutes pour comprendre que je n'étais coupable de rien. Oui, le fait que ma mère me frappe, je n'y étais pour rien. Je ne payais pas non plus mon karma.

Reconnaître que je n'étais pas coupable, m'a permis de ne plus avoir peur de ce que je vois. De mon éveil, d'être éveillée. Aujourd'hui, j'ai pu retirer l'étiquette que l'on m'avait apposée il y a 22 ans et que j'ai fini par me poser à moi-même.

Je ne cherche plus à ce que l'on m'aime. Je ne cherche plus l'amour de ma mère à travers le regard et l'amour des autres.

Je suis enfin libérée comme si j'étais sortie de la cage dans laquelle mon histoire m'avait enfermée. Ce que je n'arrivais pas à voir c'est que la porte avait toujours été ouverte, mais j'étais trop aveugle et je ne pouvais pas voir l'issue, le monde qui m'attendait.

J'ai enfin pu me sortir de ce cercle vicieux que la culpabilité déclenchait : vouloir à tout prix être aimée. Aujourd'hui je peux m'aimer sans mesure. Je n'ai plus peur de me voir, de me prendre dans mes bras. Je suis tout à fait aimable.

Si on me lit je m'en fous. Si mes tableaux se vendent je m'en fous aussi. Si tu m'aimes cela m'est égal. Ce que je veux dire c'est que je ne recherche plus la reconnaissance des autres pour pouvoir me reconnaître moi.

L'écriture et l'art m'ont sauvée. Ce livre m'a sauvé et peut-être il te sauvera.

La leçon est très simple : pour guérir il faut se pardonner ou bien reconnaître que l'on n'est coupable de rien. Il faut pardonner aussi ceux qui nous ont fait du mal.

Le plus dur c'est d'y parvenir. Pour y arriver il faut beaucoup travailler sur soi.

J'ai été une guerrière du cœur, une guerrière de l'âme, une guerrière de DIEU.

Aujourd'hui, j'abandonne mes armes, je ne ferai plus la guerre. Aujourd'hui, je peux apprendre les leçons de la vie avec douceur, sans me battre pour survivre.

La vie n'est pas une lutte constante même si j'ai dû me battre pour y arriver.

Aujourd'hui, je ne veux plus sauver le monde, en me sauvant, j'ai sauvé le monde. Tout commence par soi.

A travers moi, je sauverai le monde, à travers mon exemple, à travers le fils que je laisserai au monde. Oui, non pas par ce qu'il viendra sauver le monde, mais par ce que je lui apprendrai tout ce que j'ai appris, et par ce que lui aussi avec son exemple il sauvera le monde comme toi aussi.

Mon enfant sera conscient et à son tour il laissera des enfants conscients, qui à leur tour seront conscients et laisseront des enfants conscients et tout ce monde conscient contaminera le monde de conscience.

Peut-être avec mon livre moi aussi je te contaminerai.

La conscience aussi, m'a sauvée.

Aujourd'hui, une bonne amie m'a dit que j'étais une œuvre d'art.

Peut-être que c'est vrai, que je suis devenue une œuvre d'art à travers mon écriture et ma création.

Aujourd'hui, je veux écrire, je veux continuer dans cette voie de l'art. Aujourd'hui, j'ai cette assurance inébranlable pour continuer dans la voie de mes rêves.

Aujourd'hui, je veux être artiste et écrivain non pas parce que je veuille être reconnue mais par ce que tout simplement je m'éclate en faisant cela. Oui écrire et peindre me font du bien.

Aujourd'hui je veux me faire du bien. Et si en me faisant du bien, je te fais du bien, je mourrai en paix et tranquille.

L'impossible rêve est devenue réalité. Aujourd'hui, je suis sauvée et j'ai sauvé le monde.

MISSION ACCOMPLIE.

LE JOUR OÙ J'AI AIMÉ

Cher Rodrigue :

En réalité ce n'était pas toi que je devais pardonner mais moi : d'avoir été si aveugle. Comment n'ai-je pu voir que c'était toi l'homme de ma vie ? Je n'aurai plus jamais besoin de lunettes.

Aujourd'hui, j'ai vidé mon cœur de tous ces hommes que j'ai aimés.

Aujourd'hui mon cœur n'est que pour toi.

Aujourd'hui il est pur.

Aujourd'hui il te mérite.

Je ne sais quand ce pardon viendra. J'ai même le ventre qui me fait mal de m'haïr tant. C'est moi que je ne supporte pas. Je ne supporte ne pas avoir pu voir.

Tant de blessures, tant de coups rendent aveugle. Tant de chagrin. Et je sais que je ne suis coupable de rien. Mais même ainsi : le pardon n'y arrive pas.

Aujourd'hui, le bandage de mes yeux tombe et je me rends-rend compte que c'est toi que j'ai toujours aimé.

Dieu t'a remis dans mon chemin à plusieurs reprises et moi je continuais à me prendre le mur tant j'étais perdue. Comment ne pouvais-je pas l'être si je n'avais aucune visibilité.

A cette époque- là je ne savais pas voir dans le noir.

Tu es mon âme : et tu as toujours été à mes côtés. J'étais malheureuse car nous n'étions pas ensemble. Depuis que je suis avec toi, ma vie est douce.

Mon amour lorsque finalement j'étais dans tes bras, j'étais à genoux, blessée au plus profond de moi, et toi petit à petit avec ton amour et ta patience, tu m'as redonné la force, la vie et je me suis relevée.

C'est ton amour qui m'a sauvé. C'est toi mon sauveur. C'est toi mon héros. Mon héros d'amour : mon amant d'amour. C'est toi que j'aime, que j'ai aimé et que j'aimerai.

Dieu a été parmi nous. Dieu nous a jamais quittés ; Il est là lorsque je t'écrit :

Aujourd'hui je t'ai vraiment aimé.

Pourras-tu me pardonner ?

Plus que jamais je suis fière de porter notre alliance. Tu es mon prince charmant, tu as vaincu on est ensemble. Notre vie est un conte de fées. Mes lectures m'ont appris qu'il y aurait des obstacles, mais heureusement toujours surmontables.

Mon cœur est vierge, pénètre-moi, je suis pure, je suis à toi.

Je me pardonne. Enfin !

Je deviens un être de lumière qui voyagera et sauvera le monde à tes côtés et parmi d'autres lumières qui brillent sur le chemin.

Ne m'éteins jamais.

Je suis complètement à toi.

Je t'aime.

CPSIA information can be obtained
at www.ICGtesting.com
Printed in the USA
LVHW050128010522
717630LV00004BA/168

9 781637 677544